# ひそかに胸に
# やどる悔いあり

上原隆



双葉文庫

この日頃
ひそかに胸にやどりたる悔《くい》あり
われを笑はしめざり

（石川啄木『一握の砂』所収）

ひそかに胸にやどる悔いあり　目次

アイメイト　7
僕のお守り　18
娘は二十一のまま　29
新聞配達六十年　41
未練　53
街のサンドイッチマン　65
おばあちゃんと孫　78
ああ、なんてみじめな　84
先生　95
あなた何様？　106
定時制グラフィティ　118

恋し川さんの川柳 129
父親と息子たち 142
炊き出し 154
彼と彼女と私 167
安心電話 180
初秋の公園 191
風光書房 203
駄菓子屋の子どもたち 215
あとがき 228
解説　清田隆之 232

# アイメイト

土曜日の朝、八時二十四分。二階建ての家から、吉田美津江《よしだみつえ》さん（六十九歳）と盲導犬のナポリ（十一歳）が出てくる。吉田さんはジーンズに紫色のTシャツ、その上に薄手の白い上着をはおり、小さなリュックを背負っている。ナポリは雌のラブラドール・レトリーバーで、白い体にハーネス（胴輪とハンドル）とリードをつけている。吉田さんはそのハンドルとリードを握っている。ナポリは道路の左側ぎりぎりを、彼女はその右側を歩く。

表通りに出る。絶え間なく車が走っている。左に曲がって、歩道を歩き、バス停で止まる。

「ナポリはバス停で止まるってよくわかりますね」私がきく。

「バスで行くよっていったし、いつも乗ってるから覚えてるんです」吉田さんが私の方を向いて答える。

彼女の目は健常者の目と変わらないように見える。が、まったく見えないのだという。

ナポリは歩道にペタッと寝て前足の上に耳の垂れた顔を載せている（ダウンという伏せの

姿勢だ）。

「ナポちゃん、バス来ないね」吉田さんが話しかける。

バスを待つ人がナポリを覗《のぞ》き込む。ナポリは大きな丸い目を上目遣いにしてその人を見る。が、すぐに下を向く。ひとつ前の停留場にバスの姿が見える。ナポリは立ち上がる。バスが到着すると、ナポリが体をブルブルと震わせる。ドアが開き、ナポリと吉田さんは乗り込む。車椅子のマークのついた椅子に彼女は座り、足の下にナポリを入れる。ナポリはダウンの姿勢になる。

バスが混んでくる。吉田さんの前に会社員ふうの男性が立つ。ナポリの目の前十センチのところに革靴がある。〈バスが揺れて、鼻先を踏まれることはないのだろうか〉。母親と手をつないだ小さな男の子が乗ってくる。「ワンワンだ」と騒ぐ。ナポリはじっとして何も反応しない。

バスは駅の北口に着く。バスを降りると吉田さんは駅の構内を通って南口へ行く。キャンキャンと高い鳴き声がする。若い女性が連れているトイ・プードルが身構えている。ナポリは無視して歩く。チャ、チャ、チャ、コンクリートの上を歩くナポリの足音が響く。

南口に障害者スポーツセンター行きのバスが待っている。車椅子に座った人が「お早うございまーす」という。「お早うございます」吉田さんもいう。バスに乗ると、若い女性が吉田さんに声をかける。二人は窓際に立って、「ゆうべ地震があったでしょう」「最近多いよね」などとおしゃべりをはじめる。バスが出発する。吉田さんは毎週土曜日の午前中、スポーツセンターでブラインドテニスをしている。若い女性はその仲間だ。ナポリは吉田さんの足の間でダウンの姿勢のままじっとしている。

吉田さんは茨城県常陸太田《ひたちおおた》市で生まれ育った。中学生の頃から何となく見づらい感じはあったが、日常生活には困らなかった。高校二年生になったとき、母親と東京に住む叔父に連れられて東大病院へ行った。網膜色素変性症と診断され、十年以内に全盲になるだろうといわれた。

「これで私の人生終わりかなと思いましたね」吉田さんがいう。

病院の先生は彼女に教育大附属盲学校（現在は筑波《つくば》大学附属視覚特別支援学校）を紹介した。行ってみると、同じ病気の人がたくさんいた。みんな明るい。自分も生きていけそうな気になった。全寮制で三年間、マッサージ、鍼《はり》、灸《きゅう》の勉強をして、国家資格をとることができた。おまけに、夫とも出会った。

卒業後、半年ほどで結婚した。夫は弱視で、ひとりで歩けるし、文字も読める。市立病院の仕事についた。彼女は専業主婦になる。子どもの頃から親の手伝いをさせられていたので、家事は得意だった。

「食器とか調味料とかの置く場所を絶対に変えないことが重要なんです」彼女がいう。

結婚して一年目に男の子を出産する。

「その頃はかなり見えなくなっていて、ひとりで歩けないんです。ところが、赤ん坊の頃って、よく医者にかかるんですよね」

「どうしたんですか」

「夫が仕事を休むとか、兄弟に来てもらうとか、友だちに頼んだりとかしてました。でも、どうにかして、自分で連れていけないものかといつも思ってました」

子どもが三歳になった頃のこと。

「息子に手を引いてもらって買い物に行ったんです。『オモチャ買って』っていわれて、すでに家にある物だったので、『それ家にあるでしょうダメ』っていったら、息子はさっと後ろに自分の手を隠した。そこで私は強くいえないの、普通だったら、『いいよ、お母さん帰るから、あんたひとりで来なさい』っていうんだけど、それができない。ああ、自分のことができなかったら、私、お母さんになれないって思ったんです」

盲学校の先輩で盲導犬を使っている人がいることを知り、これだと思った。すぐに財団法人東京盲導犬協会へ行った。そこに、「盲導犬の父」といわれていた塩屋賢一《しおやけんいち》さんがいた。

「塩屋先生に、私ひとりで歩きたい、自分のことは自分でやりたいんですっていったんです」

ところが、その頃、盲導犬の数が少なく、就労者にしか与えられていなかった。「主婦はダメなんです」といわれた。吉田さんは、どうしても自分ひとりで歩ける自由が欲しかった。

「子どもを連れて、しつこいぐらいに行ったんです。母親になるために、自分らしく生きるために、どうしても必要なんですって、とうとう、塩屋先生、私に根負けしちゃったの」彼女が声を出して笑う。

こうして、吉田さんは盲導犬を手に入れた。四週間、合宿形式で盲導犬と歩く訓練を受けた。そして家に犬を連れて帰ってきた。

「うれしくってね」彼女の声が弾む。「その日のうちにスーパーに行きましたよ。スーパーに行ったって、ひとりじゃ買えないから、お店の人にこういう物下さいって探してもらうんですけど、でも、ひとりで行って、ひとりで帰れるって、すごいことなんです。ひとつひとつできることが増えていきました。息子の幼稚園の送り迎えもできる。ひとりで友だちに会いにも行ける。だんだんだんだん、私の思っていたことが叶《かな》いはじめるんです」

（東京盲導犬協会は盲導犬をアイメイトと呼んでおり、その後、アイメイト協会と名前を変えた。盲人を導く犬ではなく、歩行は人が主体となった犬との共同作業だという意味を込めてのことだ。アイメイトへの指示は、「シット」や「ダウン」や「ゴー」といった英単語で行われる）

障害者スポーツセンターに着いた吉田さんは、ボランティアの健常者といっしょに、体育館にブラインドテニスのコートを三面つくる。普通のテニスコートよりずっと小さい。それぞれ真ん中にネットを置き、手前側（視覚障害者がプレイする側）の床面に、Tの字の形に、太いたこ糸をテープで貼る。ボールが横の糸を越えるとアウト、縦の糸がセンターラインでその延長上に相手がいる。ボールはソフトボールくらいの大きさで弾むとカシャカシャと音が鳴る。

吉田さんは赤いショートパンツとピンクのTシャツに着替えてラケットを手にしている。手前に立った彼女は床に手をついて糸でできたラインで相手の方向を確認し、サーブを打つ。相手コートで弾みカシャカシャと音がする。ボランティアの五十嵐《いがらし》さんが打ち返す。手前で落ちて弾む。カシャカシャ、吉田さんは音を頼りにラケットを振る。ボールの上、ラケットは空を切る。「あれー、もっと下だった?」彼女が叫ぶ。「残念でした」五十嵐さんが笑う。吉田さんは床に手をつき、ラケットを左右に振って、逸《そ》らしたボールを捜す。「だめだ、バックだったか」「よーし」「ネット手前で落ちちゃった?」「いきまーす」「もうちょい右、右」三つのコートで様々な声が上がる。

午前九時から十二時まで、ボールの音と足音、叫び声とそれに続く笑い声が体育館に響いている。その間、ナポリは体育館の隅でおとなしくしている。人が近づいていくと目をあけるが、ほとんどの間寝ている。ナポリはブラインドテニスにはまったく興味がないらしい。

アイメイトが歳をとり仕事ができなくなって引退したり、病気で亡くなったりした場合、使用者は次のアイメイトを手に入れることになる。吉田さんにとってナポリは、五代目のアイメイトだ。

彼女はいつの頃からか息子を「あん（兄）ちゃん」と呼ぶようになった。吉田家にはアイメイトの妹がいるからだ。

「毛の生《は》えた家族ですよ」彼女が笑う。「私が犬を大事にするでしょう。幼稚園の頃、息子がやきもちやくの、私のいない所で、プラスチックのオモチャの刀で叩《たた》いたりしてね。

兄弟げんかですよ。私が来ると息子がぴゅーって逃げていくから、『また、何かしたでしょう』って怒った。息子がひとりっ子らしくないのはアイメイトがいたからでしょうね」

その息子が大学生になった頃、家にはブロディアという名前のアイメイトがいた。

「大学生になると授業時間がばらばらだから、朝ご飯作って待っていても、起きてこないんです。『もう、時間でしょう、あんちゃん、起きなさーい』って叫ぶと、ブロちゃんがダーッて二階に上がっていって、息子のベッドに飛び乗って、起きるまで手を噛《か》んだり、上に乗ったりするの。息子が『うるせーな、お前』とかいいながら、にこにこして降りてくる」

「サークルとかゼミの友だちが来るでしょう。そうすると、ブロちゃんは自分も仲間だと思って輪の中に入るの、友だちも喜んじゃって、いっしょにおしゃべりしてる。息子は『オレはブロと話ができたんだ』って、四十六になった今もいってるんですよ」

アイメイトは吉田さんを幸せにしただけではない、いっしょに暮らす家族も幸せにした。

もちろん、アイメイトの仕事は、視覚障害者がひとりで外を歩くために役立つことだ。彼女は何度もアイメイトに助けられたという。

「交差点って怖いんです」彼女がいう。「目の前を横切る車の音がしなくなり、私と同じ方向の車が動きだしたら、信号は青なんです。私はナポリに『ゴー』っていいます。あのときは両方とも車の音がしなかったの。私ってせっかちだから、『ゴー』っていって、三歩ぐらい進んだんです。いきなりナポリが歩道に戻ったの、引っ張られて私も戻った。そしたら、右からキキキッて車が左折してきたんです。あれはびっくりした。ナポリがいて助かった。アイメイトは『利口な不服従』っていう難しい訓練を受けていて、使用者が指示しても、危険なときは従わないんです。歩道の上で、『ああ、ナポちゃん偉かったね』って抱きしめました」

アイメイトがいると、ひとりでどこにでも行ける。吉田さんの行動範囲は広がった。好奇心の強い彼女は、様々なことに挑戦した。スキューバダイビングをしたし、スキーもした。マラソンも、ブラインドテニスも、さらに障害者乗馬クラブに入り、馬にも乗った。

「ひとつやると、ひとつ自信がつくんです。同時に友だちも増えていった。塩屋先生が『アイメイトは危険物を避けて誘導するっていわれてますけど、視力を失った人の人生を変える力を持っているんです』っていってた。本当にそうだなって思います」

「病気にならずに、ずーっと目が見えていたら良かったのになって思うことはありますか」私がきく。

「ぜんぜん」吉田さんは即座に否定する。「目が見えない、こういう生き方もあるんだっていうことを受け入れれば、見えないなんて気にならなくなるんです」

スポーツセンター内の食堂で昼食をとったあと、吉田さんはナポリを連れて外に出る。外は青空が広がり、庭の芝生がキラキラと輝いている。彼女がリュックから水筒を出すと、ナポリが尻尾をパタパタと振る。水筒の口から四角い氷を取り出し手に持つ、それをナポリが口にくわえて、カリカリと噛んで食べる。

「ナポリは変わってて氷が好きなの」彼女がいう。

次の氷を手にすると、さらに大きく尻尾を振る。いままで、静かにしていたのに、急に子犬にもどったかのようだ。三個目を与えて、「これでおしまい」と彼女がいう。

バスに乗って駅に着く。

吉田さんはサークルの仲間と別れ、歩いて帰る。

「来た時のバスには乗らないんですね」私がきく。

「ナポリはずーっと寝てたから、少し運動した方がいいと思って、帰りはいつも歩くんです」

吉田さんとナポリは住宅街の道を寄りそうようにして歩いていく。

十一歳のナポリは老境に入っている。彼女がナポリにいう。

「ばあさん犬なの、私たちは似たもの同士、ね」

# 僕のお守り

糸のような雨が降っている。四月下旬、私は、京都市左京《さきよう》区の下鴨貴船《しもがもきぶね》町のあたりを、神社昌弘《かんじやまさひろ》さん（三十八歳）と歩いている。神社さんは黒いスーツを着て黒い傘をさしている。目の前に白いタイル壁の二階建ての家があり、M病院という緑色の看板が出ている。

「懐かしいけど、こんな小さかったかな」神社さんがつぶやく。

私たちは病院の植え込みの横を歩く。

「このあたりで手術をしたんです」彼が建物を見て笑う。「痛くて何度看護師さんたちを蹴とばしたか」

私たちは、神社さんが病院へ通っていた頃の道を歩いている。

酒呑童子《しゆてんどうじ》伝説で有名な大江《おおえ》山のふもとに六軒だけ「神社」という名字の家がある。大昔、天皇から山を守ることを命じられ名字を与えられたのだという。昌弘さんはそのうちの一軒の長男だ。

「神社家を残すために男の子を産まなあかんということで、母はずいぶんとプレッシャーをかけられたそうです」神社さんがいう。

祖父も父親も山を守るために、林業関係の仕事に就いていた。その父親は、神社さんが十七歳のときに、海で溺《おぼ》れて亡くなった。家族は悲嘆にくれた。

「高校生で何もできないのに、僕が家を守らないかんと思ったんです」彼がいう。「母はひとこともそんなことはいわなかったけど、僕は自分で自分に期待をかけたんです」

その結果、弱音を吐かず、本音をいわない自尊心の強い人間となった。

大学三年生のときに六週間、アメリカに留学した。

「向こうで乗馬をしたんです。馬から降りたら、なんか濡《ぬ》れてるんですね、トイレに行ったら血が出てて、これは何だと」

帰国後、京都で一番の痔《じ》の病院だといわれているM病院へ行った。「なんでこんなになるまでほっといたんや」と医師に怒られた。治療が始まった。出血が止まらない。イボ痔《じ》ではなく肛門《こうもん》の横が腫《は》れて、膿《うみ》の溜《た》まる痔ろうだといわれ、膿を取る手術を行った。

「麻酔はききにくいし、敏感なところだし、パンパンに腫《は》れてるところに注射され、ピッて切られるんです。痛いんです」彼が顔をしかめる。「それでも治らない。もう一回手術、もう一回と、八回もしたんです」

膿を全部取ると、肛門の横に穴ができる。

「その穴にガーゼをつめたりとか、血が出るので消毒したりとか、全部母がしてくれました」


八回手術をしても治らない。体重は減り続け、体力もなくなっていく。おかしいということになり、消化器専門の病院を紹介された。内視鏡検査をしたところ、腸の中がただれていた。医師はクローン病だといった。

「きいた瞬間、あ、良かったと思ったんです」神社さんが笑う。「病名がわかったから、これで治るって。そうしたら、次の言葉が難病ですって。えっ、難病って、もしかしたら治らん病気?」

クローン病とは、口から腸、肛門にかけてのすべての消化管に潰瘍《かいよう》やびらん、炎症ができる原因不明の病気だ。当時、患者は五万人から十万人にひとりしかいないといわれていた。

痔ろうだといわれ八回も手術をしたが、その原因はクローン病だった。食べれば食べるほど消化管を傷つける。こうすれば治るという治療法は確立されていない。

「先生から絶食して下さいっていわれたんです」神社さんがいう。

「栄養はどうやってとるんですか」私がきく。

「僕のお守りがあるんです」そういうと彼は、革の小物入れから青いコードのようなものを取り出した。「これです。このチューブを自分の鼻から胃まで通すんです。五十センチくらいのところに線があるでしょう。ここの線まで入れると胃に届きます。こっちの先を点滴につけてポタポタと落として六時間くらい、夜じゅうかけて一日分の栄養です」

「自分で入れるんですか」

「ええ、ここまでは入るんです」彼が頰のあたりを指す。「この先がいかないんですね、無理に入れようとするとウッとなる」

「苦しそうですね」

「これがまだ三カ月とかで終わるんやったら頑張ろうと思ったんですよ。いつまでやったらいいんですかって先生にきいたら、わからんっていうんです。一生ですかっていったら、それもわからんって。一生こんなの耐えられへんと思った」

一般的な点滴のように血管に入れる方法もある。それだと完全な入院生活となり、費用が膨大になる。医師は、二十歳の青年を病院に閉じ込めるのではなく、自分で点滴して、昼間は普通の生活が送れるようにすべきだと考えた。

「いわれた当初は、先生だってできへんのにようそんなことというな、やってみせろと喧嘩《けんか》しました。ここにある液体、直接飲んだって同じだろうってつっかかったら、先生も見るに見かねて、じゃ、飲んでみろって。飲んだんです。くそまずくって、絶対に飲めない。これをする意味は」彼がチューブを目の前に持ってくる。「消化管に負担をかけずに、ポタポタ一滴ずつ落として沁《し》みこますことにあるんです」

これしかないとわかっていても、飲み込めなかった。

「もういい、餓死しようと思ったんです。せやけど、お腹がグーグー鳴る。なんなの、こんなに苦しいのに死なせてくれよと。僕が命諦めようと思っても、体が諦めてくれへん」

なんとか喉を通した。

「人からいわれてもダメなんです。自分が覚悟を決めて、自分の意志でゴクンとしないと進まない」

ひと晩点滴した翌朝、抜き出したチューブを洗浄しなければいけないのだが、嫌になって放り投げたままにしていた。母親がそれを洗い、消毒してくれた。

「そのとき、母がこうしてる姿を見てしまったんです」彼がチューブを鼻に入れる仕種をする。「母にこんな思いさせてるなんてと思って」

「お母さんは、あなたがどんな痛い思いしているかを、自分で試してみようとしたんですね」

「そうなんです。その母の姿見たとき、ああ、と思って、そのときから変わりました」

神社さんは積極的に治療に取り組むようになった。

雨の中、私たちは北大路《きたおおじ》通りに出る。片側二車線の道路を車がジャーッと音をたてて走っている。

「バス停はあそこなんです」神社さんが右手を見る。「でも、僕はたいがい駅まで歩きました」

ビニール傘をさしバックパックを背負った若い女性とすれ違う。

「この近くに府立大があるんです。そこの子たちを見ると、同じ大学生で、なんで僕だけがこんな目にあわないかんのと思いました」

賀茂《かも》川にかかる北大路橋が見えてくる。

「こんな近かったかなー、もっと遠かったような気がしてました」

「暗い気持ちで歩いてたからでしょうね」私がいう。

「キャリーバッグを曳《ひ》きながらとぼとぼ歩いてました」

私たちは北大路通りを渡り、賀茂川の上流側の土手に出る。対岸の欅《けやき》並木は新緑で覆われている。土手から河川敷に降りる。低い堰《せき》を溢《あふ》れ出た水が、ザーッと音をたて、細長い白い幕のようになって落ちている。

「よく来ました」彼は流れ落ちる水を見ている。「すぐに家には帰りたくなくて、ここでしばらく川を見てました。泣いたこともあります」

堰の下流側に中洲《なかす》があり、ぽつんと菜の花が咲いている。


夜、チューブを使った「栄養療法」をして、昼は水以外何も口にしない。一番大変だったのがテレビを見ても、外出しても食べ物に目がいってしまうことだったという。

「病気になる前に好きだった食べ物は何でしたか」私がきく。

「海老フライ、コロッケ、ハンバーグとかファミレスで出るような洋食が好きでしたね」

神社さんが笑う。

彼は、祖母と母と姉の四人で暮らしていた。

「みんなが僕の前では食べなくなってきたんです。僕が二階に上がったら食べだすとか、いいから気にしないで食べてっていうけど、僕も見たらやっぱり食べたいと思うし、そういうことがいたたまれなくなって、家を出てひとり暮らしをさせてもらいました」

クローン病の治療を始めた頃、神社さんは大学四年生だった。通学できない彼に、教師は外国の論文を訳してまとめるようにといった。英語の勉強がしたいと母親にいうと、家庭教師をつけてくれた。アメリカ人のいる英会話教室に行きたいというと、授業料を出してくれた。おかげで、大学は優秀な成績で卒業できたし、英語もできるようになった。

二年間、治療を行い、医師からもう「栄養療法」はしなくて良いだろうといわれた。しかし、完治させたいと思っていた神社さんは治療を続けることにした。

「いったん止めたら、もう二度とできないと思ったんです」

彼は、外国のクローン病の研究者や患者などにメールを送り、意見交換をした。オーストラリアの医療団体の人は「難病というのは治らないのではなく、いっしょにこれから治していく病気です」と書いてきた。

「先天性のものじゃなくて、あとから出てきた病気というのは、自分の考えとか生活習慣から出てきたもんやから、そこを直せば治るというんです」彼の声が弾む。「で、僕はそれまでの生活と真逆のことを選択するようにしたんです。夜型やったのを朝型にする、運動しなかったのを運動する、肉食中心から菜食に、いままでと違う結果が欲しかったら、違うことしたら良いと思ったんです」

四年間、「栄養療法」を続け、食事に用心すれば、もう大丈夫と思ったとき、彼は海外での治療の様子を見たいと思い、オーストラリアに行くことを考えた。

親戚はみんな反対した。

「母だけが賛成してくれたんです」彼が笑う。「行っておいでって、ただ約束してほしいって、『悪くなったら帰ってくること、帰ってくるのが勇気なのよ』と」

バラバラと傘を打つ雨音が大きくなるなか、灯籠の柱が並ぶ北大路橋を歩く。橋を渡り、信号を越える。

「食事しませんか」私がいう。

「ええ、この先の店、人気してるんですよ」神社さんが少し先にある店を見る。

はせがわという洋食店だ。店内に入ると山小屋風の造りになっていて、ほとんどの席が埋まっている。店員が私たちを窓側の席に案内してくれる。

テーブルに立てかけてあるメニューを二人で見る。ハンバーグ、チーズハンバーグ、ハンバーグと目玉焼き……、ハンバーグの専門店らしい。

「こういうものばかりですけど、大丈夫ですか」私がきく。

「ええ、外に出たときは好きな物を食べるようにしてるんです」

私たちはハンバーグを注文する。

「いまは何を食べても問題ないんですか」

「問題ないです。家ではしっかり、野菜中心の粗食にしてますから」

「お母さんが作ってくれるんですか」

「はい」

ハンバーグが運ばれてくる。神社さんは手を合わせると、嬉《うれ》しそうに食べ始める。

数年前、大腸の内視鏡検査をしたあと、医師が「おめでとう、これまで良く頑張ったね、もう大丈夫だよ」といった。

「この言葉をきいて、本来なら幸せいっぱいになるはずでしょう?」神社さんがきく。

「ええ」私が答える。

「僕、頭の中が真っ白になったんです」彼が両手で頭を挟む。「完治の夢が達成できた。でも、これからどう生きていけば良いかわからなくなったんです。クローン病に依存するようになってたんですね。病気は人生の通過点で、人生の目標は別にあるはずなんです」

神社さんはイギリスに留学して勉強し、帰国後、大学や厚労省のキャリアカウンセラーの仕事に就き、二年前にカウンセラーとして独立した。

雨は降り続いている。店を出た私たちは、商店街のアーケードを抜け、地下鉄の北大路駅に入る。階段を降り、ホームに立ち、電車を待っている。

「僕が絶食しているとき、母はよく『ごめんね』といいました」彼がいう。

「どうしてでしょう？」

「自分が代わってやりたいのに、代われないから『ごめんね』って。当時の僕は自分のことで精一杯で、母の気持ちを考える余裕はなかったけど、いま思うと、母は僕以上につらく、苦しかったのかもしれません」神社さんは傘の先から垂れる雫《しずく》を見ている。水滴はゆっくりとホームの床に広がっていった。

# 娘は二十一のまま

京成線《けいせい》の柴又《しばまた》駅の改札口を出ると、目の前に「フーテンの寅《とら》」の像が建っている。

「土日はこのあたりに立って、『よろしかったら柴又をご案内します』って声をかけてるんですけどね」小林賢二《こばやしけんじ》さん（六十九歳）が笑う。茶色のハンチングをかぶり、グレンチェックのブレザーを着ている。小林さんは柴又で生まれ育った。大手の電子計算センターに勤めていたが、六十三歳で定年退職したのち、「葛飾《かつしか》区シニア観光ボランティアガイド」をしている。

私たちは踏切りを渡り、帝釈天《たいしゃくてん》とは逆の住宅街の方へ向かう。以前、小林さんが住んでいた家を目指している。ひとつ目の交差点を右に曲がる。

「私はここをまっすぐに行ってたんですが、今日は順子《じゅんこ》が毎日歩いてた道で行ってみますね」小林さんがいう。

「はい」私は答える。

順子さんは小林さんの娘だ。

「こうやって歩いていると」彼がいう。「そこの角のあたりから、ひょこっと順子が出てきそうな気がするんですよ」

一九九六年九月九日、雨が降っていた。

上智《じようち》大学四年生の順子さん（当時二十一歳）は、シアトル大学へ留学するため、二日後には日本を発つ予定だった。荷物の準備などをしながら家にいた。夕方から銀座の店で美容師をしている母親の幸子《ゆきこ》さんは、順子さんに声をかけて午後三時五十分頃家を出た。看護の仕事をしている長女の亜希子《あきこ》さんが早番だからもう帰ってくる頃だと思い、鍵はかけなかった。

その後、男が侵入し、順子さんを殺し、家に火をつけた。出火は午後四時三十五分頃だと確認されている。四十五分間の犯行だった。

消火活動のために飛び込んだ消防隊員により発見された順子さんは、Tシャツに短パン姿で、口と両手、両足を粘着テープで、また両膝をストッキングで縛られ、首を数カ所刺されていた。両手には争ったときにできた刃物傷があった。司法解剖の結果、死因は首からの出血によるものだと特定された。

当日、出張から帰る新幹線の中で順子さんの死を知った小林さん（当時四十九歳）は、呆然《ぼうぜん》として家に着いたところ、いきなり車に乗せられ亀有《かめあり》警察署に連れていかれた。そこにいた妻の幸子さんは泣いて立っていられず、亜希子さんや友人たちに支えられていた。遺体の確認、事情聴取が行われ、解放されたのは夜の十時近くだった。

「なぜうちの娘が、なぜ我が家がってことが頭の中で渦巻いてましたから」小林さんがいう。「そのときになってはじめて、家が燃えてしまって、帰るところがないことに気がついたんです。ホテルなんかないところだったし、途方に暮れてたら、家内のママさんバレーの仲間が『よかったらうちに来ませんか』って声をかけてくれたんです。ありがたかったですね」

翌日から、現場検証に事情聴取、葬儀、罹災《りさい》手続、新しい住まいの手配と、次々にやらなければならないことが押し寄せてきた。結局、友人宅に一週間世話になり、アパートへ引っ越した。

「最初の頃は、毎日刑事さんが来てたし、こっちからも行ったりして、この事件はすぐに解決するって感じだったんです。それが、刑事さんが来るのが一週間に一回になり、二週間に一回になり、新しい情報がなくなるから、だんだんと足が遠のいていったんです。こっちは〈本当に捜査してくれてるんだろうか〉って疑心暗鬼になったりしました」

一年半が経ち、担当の刑事が異動になった。

「自分の在任中に絶対ホシをあげてやるっていってたから、彼自身悔しいんです。それに遺族に対して申し訳ないって気持ちもあるんでしょうね、『(辞令という)紙切れ一枚で動く、そういうところなんですよ』っていってました」

そんなふうにして一年が経ち二年が経ち、時が過ぎていった。

駅から百メートルくらい歩いたところで表通りから一本なかの道に入ると、住宅街になる。二階建ての家が並び、二階のベランダに洗濯物が揺れている。チッ、チッ、チッと小鳥が鳴いている。

「そこの角を曲がったところです」小林さんがいう。

角に電信柱があり、縦長の看板が括《くく》りつけられている。そこには「平成八年九月九日夕方柴又三丁目で女子大生が殺され放火される事件が発生しました。現場付近で不審な人・車または犯人に心当たりがある方、情報がありましたらご連絡下さい。亀有警察署」と書いてある。私が看板の文字を書き写していると、小林さんがつぶやいた。

「犯人がいまもどこかで同じ空気を吸ってるんですよ」

事件から十二年後の二〇〇八年、小林さん六十歳のとき、十五年の時効が迫ってきていた。

「あと三年だと思うとじっとしていられなかったんです」小林さんの声が大きくなる。

「順子のために何かしないと絶対悔いが残ると思いました」

彼は「時効廃止」の行動をしようと考えた。

「遺族というのは、今日、犯人が捕まるか、明日、捕まるかということを望みに生きてるんです。時効が成立してしまうと、警察は犯人を捜してくれない、証拠物は返される、警察から縁を切られる形になるんです。もし、時効を廃止できれば、永久に犯人を追えることになる」

小林さんの思いを、知り合いの新聞記者に話すと、記者は小林さんに元警視庁成城《せいじょう》署長の土田猛《つちだたけし》さんを紹介した。土田さんは「世田谷《せたがや》一家四人強盗殺人事件」を担当し、未解決のまま退職したことで、無念な思いを抱いていた。二人は会ったその日に意気投合した。

時効撤廃・停止を求める遺族会「宙《そら》の会」を発足させた。署名活動を開始し、政府に嘆願書を提出し、新聞やテレビを通じて訴えた。その結果、政府も動き出した。途中、政権交代による足踏みもあったが、被害者遺族の強い思いが人々を動かし、二〇一〇年、国会で時効を廃止する法案が成立した。事件発生から十四年、小林さん六十三歳のときだ。

「後日談ですけど」小林さんが小さく笑う。「最初に会ったとき、土田さんは『やりましょう』とはいったけど、正直、あと三年では厳しい、国の法律を変えるんだから、最低でも五年はかかると思ったっていってました」

現在、「宙の会」は小林さんが会長となり、「民事損害賠償請求代執行制度」の成立を目指している。簡単にいうと、必ずしも十分とはいえない被害者遺族への損害賠償の実態を踏まえ、国が一時的に立て替えて被害者遺族を救済できるようにしようというのだ。

角を曲がると、間口三メートル、奥行き八メートルくらいの二階建ての家が二軒並んでいる。その隣に同じ間口にコンクリートの駐車場があり、少し奥まったところに、消防団の格納庫がある。

「ここに隣と同じような私の家が建ってたんです」小林さんがいう。

ここが事件の現場だ。

放火され焼け落ちた家を、犯人が捕まるまではと思い、一年半近くそのままにしていた。その後、やむなく解体し、さら地のままで十数年放っておいた。

「時効廃止は多くの人に応援してもらってできたんです。そのお礼の意味で社会貢献をしたいと考えて、地元消防団へ土地を提供したんです」

格納庫の一階は倉庫で、二階は集会室になっている。手前スペースの一角に銅板の屋根の小屋があり、中に地蔵が安置されている。「順子地蔵」という。左右に赤や黄色の花が手向けられている。

「今日、お見えになるというので、家内が活けておいたんです」そういうと小林さんはしゃがみ、線香に火をつける。私も隣に座り手を合わせる。地蔵の前に二十五円と小石が積み上げられている。

「どなたかお参りしてくれる方がいるんです」

「順子地蔵」の横に一メートル四方程度の花壇があり、色とりどりの花が植えられている。

「消防署の女性職員の発案らしいんです。これが良かった。それまで家内はここへ来れませんでしたから、これができたんで花の手入れをしなくちゃいけないということで来れるようになったんです」

事件後、小林さんの妻、幸子さんは寝たきりの状態が続いた。ママさんバレーの仲間が交替でつきそった。

「絶対にひとりにしない、見える場所に刃物を置かないとかが、彼女たちの暗黙の約束だったとあとからききました」

友人たちは、幸子さんが順子さんのあとを追うかもしれないと心配していた。

「あるとき家内の姿が見えないと思って、隣の部屋のふすまを開けたら、骨箱を抱えて泣いてたんです」

その後、二年間、幸子さんは病院へ通い、カウンセリングを受け、徐々に快方へ向かった。仕事にも出られるようになった。

「手に職を持ってたから良かったんです。仕事に行けば、いっときでも気がまぎれますからね」

「事件前に通ってた銀座の美容院ですか」私がきく。

「ええ、いつも家を出るのが三時五十分ぐらいだったんですが、いまも同じ時刻に出てるかというと、そうじゃないんです。三十分から一時間早めに出てます。同じ時刻の電車に乗ると思い出しちゃうんです。あの時刻になると、いま犯人が家に入ったんじゃないか、いま順子が『お母さん助けてー』って叫んでるんじゃないかって」

私たちは事件現場を離れ、小林さんの妻に話をきくために、現在の住まいの方に向かって歩いている。住宅街から表通りに出る。商店がぽつりぽつりとある。自転車店のガラス戸にポスターが貼ってある。順子さんの写真があり、その横に「犯人逮捕のための情報をお寄せ下さい。懸賞金八百万円」と書いてある。

「幼なじみなんです、協力してくれてるんですよ」小林さんがいう。

「今度の九月で事件から二十年が経ちます。自分の中で何か変わりましたか」私がきく。

「私は来年、もう古希です。でも、順子は二十一のままです。時が経って、変わっていくってことは、事件を忘れていくってことになりかねない、そういう意味で、変わっていく自分が怖いんです」

駅前の踏切りを渡ると、大型スーパーマーケットがある。店の前に何台もの自転車が並んでいる。その横の商店街を歩く。

「ちょっとコーヒーでも飲みましょうか」小林さんがいう。

店主ひとりで営業している小さな喫茶店に入る。

「ブレンドコーヒー二つと豆を二百グラム下さい」彼がいう。

私たちは窓側の席に座る。

「お願いがあるんです」小林さんがいう。

「はい」

「家内に、娘のことはいいんですけど、事件そのもののことはきかないでほしいんです。家内は、あのとき鍵をかけて出かけていたらと、ずっと悔やんでいます。それが原因じゃないんですけど、一生忘れることはできないでしょう」

店を出て十分ほど歩き、新しい五階建てのマンションに入る。エレベーターで四階に上がる。妻の幸子さん（六十九歳）がドアを開けて出迎えてくれる。彼女は金属フレームの眼鏡をかけ、グレーのセーターにジーンズをはいている。

部屋に入り、挨拶をしてから、仏壇に手を合わせる。それから居間のテーブルにつく。

「順子さんって、どんな娘さんだったんでしょう？」私が幸子さんにきく。

「買いものにいっしょに行こうっていう子でした。洋服とか靴とかの買いものによくつき合いましたね。それから、朝起きると『何食べようかなー』って、『パンケーキはどう？』っていうと、『うん』って、自分で作るわけじゃないんですよ。出かけるときも『洋服どれがいい？』とか、『お母さん髪結んで』とか、スカーフとかも『結んで』とか、だから、亡くなったあとで、順子の友だちが『一生分甘えちゃったんですね』って……」幸子さんは眼鏡をはずすと、テーブルの上のティッシュペーパーを一枚とって目にあてる。

「家の中では家内に甘えてるんだけど」小林さんが幸子さんの様子を見て明るい声を出す。

「あとで友だちにきくと、学校ではリーダーシップがあって、あねご肌だったたって、私たちはびっくりしたんです」

「順子とお父さんは性格が似てるからよくぶつかってたんです、ね」幸子さんが小林さんにいう。

「友だちと三人でホームステイしながらアメリカ旅行するっていい出したことがあった」

「ああ、あれね」

「何月何日に出発して最初にお邪魔するお宅はここっていう予定表を出しなさいっていったんです。『出さない』って、『出さないんだったらお父さん絶対に行かせない』『そんなこといったたって順子行くもん』って、埒《らち》があかないから家内に『お前、親として心配じゃないのか』っていったんです」

「私はそんなに心配してなかったの。ひとりで行くわけじゃないし、友だちの親戚も向こうにいるっていうし」

「最後にちょこっとしたメモを出しましたよ。私は何かあったらいけないと思って、十万円、封筒に入れて『これ使いなさい』って渡したんです。ところが、帰ってきたらそっくり封筒ごと返された」

「あの子も意地張ってたのね。私が『みんなもお金持ってないから、私だけ使うわけにいかなかったの』っていって返しなさいって教えたんです」

まるで順子さんがいるかのように二人の会話は活気を帯びている。

「『お父さん向こうでこれだけ使っちゃった、おつり少ししかありません』とかいってくれれば可愛いよ。それをぴた一文手をつけないで返すんだから、可愛げないよねー」小林さんがうれしそうに笑いながらテーブルを指で叩く。

「貧乏旅行の失敗話が面白かったわねぇ」幸子さんも笑う。

ふと二人の会話が途切れる。

小林さんは窓の外を見る。幸子さんはテーブルに載せた自分の手の指先を見つめている。

# 新聞配達六十年

「お早うございます」緑色のダウンジャケットを着た青年が入ってくる。

「ごくろうさんです」国枝晃二《くにえだこうじ》さん（七十四歳）が配達表から顔を上げる。

「お早うございます」黒のニット帽の青年が入ってくる。

「ごくろうさんです」国枝さんがいう。

　京都市左京区にある朝日新聞販売所、午前二時半。国枝さんは中学生のときから六十年間この店で新聞配達をしてきた。六十年間、毎日だ。この日（十二月二十六日）も一時半にやってきて、店の電気をつけ、暖房のスイッチを入れ、テレビをつけて天気予報を確認し、店の前を掃除して台車を並べ、配達員が来るのを待っていた。彼は店主ではない、社員でもない、アルバイトの配達員だ。

　私は、彼の配達に同行するために近くのホテルに泊まり、電動自転車を借りてやってきた。

午前三時。八人の配達員がそろう。三人が歩道に立っている。そこにトラックが着く。「おっす」といって運転手が荷台に上がる。新聞の束を放り投げるように配達員に渡す。またたく間に三台の台車が新聞の山になる。

「おおきに」国枝さんが運転手にいう。

トラックが走り去る。台車を店の中に運ぶ。四つの作業台の上に新聞の束をドスン、ドスンと置いていく。ひとりが鋏《はさみ》を持って新聞を束ねている紐《ひも》を切って回る。もうひとりの人が紐を引き抜いてまとめて捨てる。配達区域ごとに作業台の位置が決まっていて、それぞれの作業台の前に立って配達員が新聞を数えている。国枝さんは親指と人さし指にサックをはめて、新聞にチラシを入れている。「歳末大売り出し！」の文字が次々に新聞に吸いこまれていく。国枝さんの担当地域は、朝日が百七十七部、日経が五十七部、その他スポーツ新聞などが十四部だ。新聞をシート地の布でくるみバイクの荷台に載せ、ゴムひもをかける。高さが一メートル近くになり、重さでバイクが沈む。前の荷物入れにはスポーツ新聞などを入れる。ヘルメットをかぶり軍手をはめてバイクにまたがる。

「行きます」国枝さんが私にいう。

「はい」私が答える。

午前三時半、出発。

父親が戦死したため、国枝さんは母親に育てられた。家は貧しかった。

私は国枝さんの家の居間で話をきいている。

「中学生のとき一度も弁当を持っていったことがない」と彼がいう。「弁当持ってきてないとはいわれへんしね、『家に食べに帰るわ』いうて、昼休みが終わるまで近所の山にいてました」

食べ盛りの中学生にはつらかっただろう。

「同じように弁当持ってこれない子がクラスに三人おった。その中で父親がいないのは僕だけ、しゃあない、そういう運命になってるんやと思った」

家の収入は遺族年金と学生に三部屋貸してる部屋代だけ。生活費のために兄が新聞配達をはじめ、国枝さんもあとからやりだした。

「新米だったとき、月二千五百円でした」彼の口からすっと数字が出てくる。いくら稼いだかをしっかりと覚えている。「『もっと欲しいやろ』って店主が。『欲しいです』。同じような地域をもうひとつやらんかっていうんです。こっちは二千五百円プラス二千五百円で五千円になると思った。ところが、二千八百円、三百円プラスだけだった。子どもだから馬鹿にされてると思ったけど、僕の場合、怒ってやめてしもたら食べられへんでしょう。

そやから、それでお願いしますって、それが世間というもんやと子ども心に思いました」
「自分としては、中学校卒業したら就職するつもりでした。中三の一月まで就職コース、ところが、母親が先生に進学させますって、高校くらい出とかんとと思たんでしょうね。急に受験勉強せなあかんようになった。販売所で話したら、配達員の先輩三人が『夕刊は自分らにまかしとき、あと一カ月がんばって勉強せい』っていってくれたんです。うれしかった。おかげで高校受かった。僕も後輩には親切にせなあかんなと思いました」

国枝さんのバイクは白川《しらかわ》通りという南北の道路を北に向かって走っている。彼の配達区域は銀閣寺《ぎんかくじ》の西側一帯、北白川という地域だ。あたりは真っ暗。走っている車は一台もない。信号だけが煌々《こうこう》と道路を照らしている。信号のひとつ先を西に入る。バイクを止めスタンドを下ろす。後ろの荷台から新聞を引き抜いて家の前の石段を登り郵便受けに入れる。カチャンと音がする。戻ってきた国枝さんはバイクに乗りスタンドを蹴り五メートル移動する。大きな家が多く、どの家も石段の上に郵便受けがある。登り降りが続く。エンジンはずっとかけたままだ。住宅街の一画を配りきり、再び白川通りに戻る。喫茶店のガラスのドアの下から新聞を入れる。次の路地を西に入る。アパートの集合郵便受けのひとつに付箋《ふせん》が貼ってある。それを取って読む。

「明日から一月五日まで止めてくれって」彼がいう。

バイクにまたがると十メートル近く移動する。風が頬に冷たい。家々の屋根の上に、刃物のような半月が出ている。

戦時中のこと、国枝さんは五歳のときに耳の手術をした。その主治医が召集され、術後放っておかれたために、きこえにくくなった。高校時代はほとんどきこえないまま暮らした。そのために一年留年し、卒業しても就職できないでいた。意を決して十八歳のときに再手術をした。かろうじてきこえるようになった。現在は補聴器をつけている。

十九歳のときに、電気製品製造会社に就職する。半年後に得意先の販売会社にひきぬかれ、出張修理専門の社員となる。皇太子の結婚や東京オリンピックをきっかけに各家庭にテレビが普及していく時期にあたり、忙しく働いた。

「就職が決まったとき、新聞配達を辞めようとは思わなかったんですか」私がきく。

「最初はそのつもりでおったんです」彼がいう。「でも、店主に辞めんといてくれいわれて」

「どうしてでしょう？」

「便利やったんやろね。その頃、店主はほとんど店に出てきません。朝はこっちにまかせっきり、番頭っていうかそれ以上、お客さんと配達員とその家族、その人たちの面倒をみてましたから」

「会社の方はアルバイトを許してくれたんですか」

「それなんですけど」彼が思い出しながらゆっくりと話す。「社長が東京に出張してて向こうで亡くなって、仏さんがこっちに帰ってくるのが真夜中になったことがある。葬儀の準備は終わったが、社員は全員そのまま会社に泊まることになった。朝刊の配達があるのに困ったなーと思って、それまで新聞配達してるっていうてなかったんです。仕方なく、専務に事情を話したんです。そうしたら専務が『もう、電車もバスもないやろ、俺がバイクで送ったるわ』って。後ろに乗せて送ってくれたんです。それから、専務はお得意さんとかに『こいつ、朝、新聞配達してから来てるんやぞ』ってほめてくれはってね」

専務は、二十一、二の青年が家のために朝も昼も働いているのをけなげに思ったのだろう。

国枝さんは二十五歳のときに、同じ会社の事務員の女性と結婚する。やがて、三人の子どもが生まれ、その子たちが中学や高校に行くようになると教育費がかさみ、もっと稼ぎたいと思うようになった。決心して会社を辞め、電器店を開業した。四十二歳のときだ。

「お店で忙しくなったときも新聞配達をしてたんですか」

「はい。実は、販売所の店主が応援してくれたんです。チラシは無料で入れさせてくれたし、『使うやろ』いうて、新しい折りたたみ傘を百本くれたりした。こんな良うされたら辞めるとはいえませんわ」

電器店は繁盛した。ただ、ここ十年近くは大型店ができたために売り上げが減少している。

「携帯見てもろたらわかるけど」彼は私に携帯電話の連絡先名簿を見せる。「全部で八百五十名、お客さんです。電気製品が具合悪くなったら電話してきます。僕はなるべく修理する。部品を使わずに直せたら無料、出張費は取りません。お年寄りには喜んでもらってます。最近は、アンテナの取り付けで屋根に登ろうとすると、お客さんが『危ないからやめとき』って。自分ではしっかりしてるつもりでも足元がおぼつかないんやろね」彼が声を出して笑う。

白川通りの西側を配り終わり、通りを渡って東側を北から南へと配っていく。東側は山になっていて坂道が多い。暗闇の中で自動販売機の緑色の光が道路を染めている。国枝さんはバイクに乗ったまま右左右左と肩の高さにある郵便受けに入れていく。路地の向こうに同じようなエンジン音が響きバイクの明かりが見える。

「京都新聞の配達員です」と彼がいう。

国枝さんは新聞を持ってアパートの二階に上がる。降りてきてバイクに乗り、坂道を上る。一メートルあった荷台の新聞がいまは十センチ程度になっている。彼はバイクを降りるとエンジンを切り、ヘルメットを置く。新聞を手に五十段くらいある石段を登っていく。エンジン音が消えるとあたりがしんとしていることに気づく。

「昔は野良犬がいたんだけど、いつの間にかいなくなったね」彼の吐く息が白い。

午前五時。足から腰へと冷たさが上がってくる。石段の上にある三軒の家に新聞を入れる。振り返ると京都市街の明かりが見える。

以前、新聞休刊日は年に三日しかなかった。配達員たちはその日を楽しみにしていた。

「休刊日はみんなで遊んだ」国枝さんがいう。「阪神《はんしん》パークに行ったり、保津峡《ほづ》に行って飯盒炊《はんごうすい》さんしたり。夏休みになると、夜、比叡山《ひえい》に登った。真っ暗な中ね、で、朝刊までには帰ってくるんです。楽しい思い出です」

「配達員の中には問題をかかえた子もいたんじゃないですか」

「中学生やったけど体の大きな子で」彼が頬に手をあてる。「不機嫌でそこらへんにあたりっぱなし。戸を蹴っ飛ばしてはずしてしまう。自転車は倒す。その子がボスで子分もおった。みんな怖がって止められない。その子が新聞を蹴っ飛ばしたとき、腹立ってね。その子を取り押さえたっていうか、つかまえて投げ飛ばした。それ以後おとなしくなったけど、僕と同じ父親のいない子でした」

六十年の間に、配達員の多くが先輩だったのが、同年輩の者になり、弟になり、子どもになり、いまや、孫のようになっている。

「このへんは観光地やから、配達員だった人が遊びにきて、ついでに寄ってくれるんです。『国枝さんまだやってはるんですか』って」彼が笑う。笑顔のまま何かを思い出しているようだ。そしてぽつんとつぶやく。「配達員は皆、可愛らしいいうかね……」

「朝起きて、今日はしんどいから行きたくないなーっていう日はないんですか」私がきく。

「行けないほどしんどいということはありません。体が丈夫なんです」

「六十年間続けたことで得たものがあったら教えて下さい」

「そやね……」彼が少し考える。「毎日毎日の充実感ですね」

「ふーん」私が考え込んでいると、

「ちょっと待って」といって彼は立ち上がり部屋から出ていった。少しして、大きな菓子折のような箱を持って現れる。

「いままでの給与明細書です」彼がテーブルの上に箱を置く。中身が多くて箱の蓋が浮いている。「いつか整理しようと思って洋服ダンスの中に溜めこんでたんです」

「見てもいいですか」

「どうぞどうぞ」

蓋をとると何百枚もの紙が雑然と入っている。いくつかを取り出してみる。広告の裏に手書きで金額が書かれているもの。わら半紙に「給与、皆勤手当、折込……」などの判が押してあり数字だけが手書きのもの。印刷物に手書きの数字。パソコンのプリントアウト。黄ばんでいたり、折れ曲がっていたり、丸まっていたり、細長かったり、大きかったり……、様々な給与明細書が幾重にも幾重にも重なっている。そしてすべて宛名は「国枝晃二様」。

「人には紙くずかもしれんけど、これは六十年、毎日働いてきたことの証《あかし》、僕にとっての宝物やなって思ったんです」

午前五時半。国枝さんが新聞を手にして「これで終わりです」という。

「お疲れさまでした」私がいう。

最後の一軒に新聞を入れたあと、私たちは帰り道を並んで走っている。

「冷えてきましたね」私がいう。寒くて歯ががちがちと鳴る。

「夜明け前が一番冷えるんです」彼がバイクの速度を少し遅くする。「ちょっと寄るところがあるんで、上原さん先に販売所に行ってて下さい。道わかりますか」

「はい」

彼のバイクが速度を増して右手に離れていく。私は一刻も早く暖かい場所に戻りたくて強くペダルを漕《こ》ぐ。

販売所に着くと、先に帰っていた人から「ごくろうさんです」と声がかかる。

「ただいま」私は暖房の入っている部屋に入り、ふーっと大きく息を吐き出した。

五分ほどして国枝さんが戻ってくる。

「このバイク調子悪いみたい、見といて」彼がいう。

「そうですか」奥の部屋にいた人が出てきてバイクのエンジンをかける。

「ほな、帰るわ」国枝さんがいう。

「お疲れさんです」青年たちがいう。

「帰りましょうか」彼が私にいう。

「はい」

私たちは外に出る。午前六時。外はまだ暗い。私の自転車の荷台にビニール袋が入っている。

〈何だろう?〉私が見ていると、

「牛丼」といって彼がにこっと笑う。「ホテルに帰って温かいうちに食べて」

「ありがとうございます」

「お疲れさんでした」国枝さんは背を向けると、両手をポケットにつっこんで歩いていった。

# 未練

「『余命1ヶ月の花嫁』っていう映画を観たんです。題名の通りの内容なんですけど、実話なんです。それを観てるとき、彼女ずっと泣いてました」後藤純矢《ごとうじゅんや》さん（三十五歳）がいう。

「泣ける映画なんですね」私がきく。

「主人公たちが泣いちゃうんで、俺はあんまり良い映画だとは思いませんでした。ただ、彼女は最初から最後まで泣いてたなって……」

私たちは横浜《よこはま》線の鴨居《かもい》駅の近くにある「ららぽーと」というショッピングモールを歩いている。その中にある映画館の前を通ったところだ。木曜日の午後。後藤さんが彼女とよくデートをした場所だというのでやってきた。

後藤さんは大手書店の契約社員だ。大学生の頃からアルバイトで働いていて、就職活動が困難だったので、そのまま働き続けてきた。書店員の仕事が好きだという。現在、町田《まちだ》店で働いている。ビジネス書の担当だ。

一昨年の八月、稲本美紀《いなもとみき》さんが異動してきた。二十八歳の彼女は高校を卒業して入社しているので十年目の正社員だった。

町田店の場合、五十名従業員がいて、そのうち正社員が五名、契約社員が五名、あと四十名がアルバイトで、アルバイトの多くが主婦だ。

稲本さんが異動してきて一カ月後、彼女が後藤さんに相談したいことがあると声をかけてきた。待ち合わせの喫茶店に行くと、「アルバイトの人たちに真面目に働いてもらうにはどうしたら良いと思いますか?」ときかれた。後藤さんは、稲本さんが自分より年上の主婦を叱っているのを見たことを思い出した。アルバイトの人を指導できない社員が多い中で、しっかりした人だなと思っていた。労務管理について、彼に良い考えはなかった。が、仕事をきちんとやりたいという彼女の考えは自分といっしょだと思った。

「町田に出店している他の書店を見たいんだけど、つき合ってくれませんか」と彼女がいった。

「いいですよ」彼は答えた。

二人とも早番で夕方に仕事が終わる日に、書店めぐりをした。町田だけでなく、新百合《しんゆり》ケ丘《がおか》やたまプラーザも歩いた。

「いっしょに歩いているときに」彼が私にいう。「『後藤さんはどんなタイプの女性が好きなんですか』ってきかれたんです」

「なんて答えたんですか」私がきく。

「考えたことないけどって、いいかげんに」

「最初から彼女はあなたに興味を持っていたのかもしれませんね」

「そうですかね」彼がうれしそうに笑う。

私は話すときに後藤さんを見上げる。背が高いのだ。百九十センチあるという。体つきもがっしりとしていて、髪は短く、柔道家のようだ。

「稲本さんってどんな感じの人ですか」

「いまふうの女の子っていうか、茶髪で細身で、身長は百六十あるかないかくらい、よく笑う、笑顔の可愛い人です」

後藤さんが野球をやっていたので高校野球を見るのが好きだと話すと、彼女は目を輝かした。プロ野球選手の松井裕樹《まついゆうき》（楽天）は高校の後輩で、地方大会になると、母校の応援に行っているのだという。彼は高校野球の話ができる女性がいることに驚いた。

「いっしょにいると楽しいんです」彼がいう。「ひょっとしたら俺に好意を持ってくれてるのかもしれないと思ったり、そんなことあるわけないだろうって打ち消したり、経験がないからわからないんです」

これまで後藤さんは一度も女性とつき合ったことがなかった。

「高校は男子校だったので、女性とつき合いがないのは当たり前なんですけど、大学入ったら女の子はいっぱいいいたし、バイト先の書店にも女性はいっぱいいた。なのに何も起こらなかった。俺は女性とは縁のないタイプなんだなと思ってました」

「まわりに女性とつき合ってる人はいたでしょう?」私がきく。

「いました。だけど、そういうヤツらは別の世界に住んでるっていう感じで、ドラマの世界みたいで、俺にはまったく関係のないことだと思ってたんです」

ある日、彼女が「自分の好きな映画なんだけど観て」といって、『ユー・ガット・メール』と『となりのトトロ』のDVDを貸してくれた。後藤さんは二本とも観た。それほど感動しなかった。が、自分のことを知って欲しいという彼女の思いは伝わってきた。返すときに手紙を添えた。「つき合って下さい」と書いた。

「かなり勇気を出しましたよ」彼が笑う。「三十男がこんなこと書いて引かれやしないかと、何度も何度も迷いました」

深夜になってメールが届いた。「手紙を読みました。明日、仕事のあとで会いましょう」と書いてあった。

翌日、喫茶店で会った。彼女は仕事のことや映画のことばかり話して、手紙の内容にはふれない。しびれをきらした彼が、「手紙にも書いたけど、つき合ってもらえませんか」といった。「はい」と彼女は答えた。

「うれしかったですね」彼が目を細める。「いまでも覚えています。十月八日、土曜日ですよ。つき合うってこんなに簡単に決まるものなのかって思った」

それから二人はデートを重ねた。ズーラシアという動物園に行き、ディズニーシーに行き、横浜開港資料館に行った。

季節は冬になっていた。

クリスマスシーズンの書店は忙しいので、シーズン前に彼女が休みをとった。その日、彼は早番だった。「仕事が終わったら私のアパートに来て、二人でクリスマスしよう」といわれた。彼女の部屋に行くのははじめてだった。午後、店長に閉店まで働いてくれないかと頼まれた。仕事だから仕方がないと思って、「わかりました」と答えた。そのことを彼女に電話でいうと、「約束したんだから、簡単に引き受けないでよ」と文句をいわれた。

「彼女がその日をどれだけ大切に思っていたか、わかってなかったんです」彼がいう。

私たちは、ショッピングモールの中にある書店に入る。

「かなり売り場面積が広いんです」彼がいう。

「ここにもよく来たんですね」

「ええ、一番興味がありますから。彼女は『広いだけで特長が出せてない』っていってました」

彼は美術関係の棚に歩いていき、猫の写真集を手に取る。

「彼女、猫好きなんです。実家で飼ってたって、俺はまったく興味なかったんですけど、彼女に影響されて、いまは、子猫なんか見ると可愛いなと思うようになりました」


年が変わると、後藤さんはときどき、彼女のアパートに泊まるようになった。

「一晩中ずーっと抱いてるだけでした」彼がいう。「そこから先どう進めていいかわかんなかったんです」

〈こんなに性についての情報が氾濫しているのに、セックスの仕方がわからないなんていうことがあるのだろうか〉そう思いながら私は彼の話をきいている。

「二回目に泊まりに行ったときは、キスして、お互いの服を脱がしたんです。彼女の肌がまっ白で感動しました。それまで、女性の裸は写真でしか見たことがなかったから、こんな機会が自分に訪れるなんて奇跡だと思って」

「それで？」

「だめだったんです」彼の顔が赤くなる。「彼女に正直に、一回もしたことないっていえば良かったのかもしれないんですけど、なんか今日は調子悪いみたいとかいってごまかしました」

「経験してないのは恥ずかしいことだと思ったんですか？」

「思いましたね。三十過ぎてるのに、ヘンって思われるんじゃないかって」

それから何度も泊まりに行ってはセックスができずに、裸のまま抱き合って寝て、翌日に帰るということが続いた。

「その頃から、彼女がなんとなく不満げっていうか、話してても前だったらすぐに反応が返ってきたのに遅かったり、いっしょに歩いているときに『なんかつまんない』とかいうようになってきたんです」

〈どうしてセックスができなかったのだろう〉ききづらいことだが、率直にきいてみた。

「お互い裸になってから、どうしたんですか？」

「キスしたり、胸を揉んだりしました。そこまではいいんです。その先ができないんです」

「どうしてですか？」

「うーん……」彼が天井を見上げる。「俺の中にセックスに対しての嫌悪感があって、あんな可愛い子にセックスなんかしちゃいけないって思ったんです」

彼女が町田店に来て一年後の八月に川崎《かわさき》店へ異動になる。そして医療事務の勉強をしたいからといって、アパートを引き払い、実家に帰った。

「メールしても返信が遅くなってきたんです。会おうよっていっても、時間が取れないっていうし、この人何考えてるんだろう、わかんないなーと思って、不安になって、苦しくて苦しくて、俺の方から、『君との関係は一年続かなかったけど、別れよう』ってメールしちゃったんです」

送信ボタンを押した直後に後藤さんは後悔した。

翌日の夕方、彼は川崎店まで会いに行った。彼女は遅番だという。「駅のホームで待ってます」と伝えた。午後十一時、彼女がホームに現れた。笑顔はない。川崎駅から港南台《こうなんだい》駅まで京浜東北《けいひんとうほく》線に乗り、彼女の実家まで送っていった。

「『失礼なことしちゃってごめん、あれは別れたいと思ってやったわけじゃないんだ、ときどき俺は君がわかんなくなっちゃって、でもいっしょにいたい』っていったんです。彼女はずーっと黙ってました。暗いですよ。彼女の家の近くまで行ったとき『もうだめだね』って彼女がつぶやいたんです」

去年の後半、後藤さんは一年前の彼女のいない状態に戻っていた。女性とのメール交換も会話もデートもない。が、一年前とは何かが大きく違っていた。

「閉店で電気を消すときとか思い出すんです。彼女と二人で遅番やってよくいっしょに電気消して鍵かけてたから……。悲しくて、やりきれなくて、精神的にまいっちゃって、風邪なんかひいたことない人間なんですけど、ひどい風邪になって二週間近く寝込みました」

さびしくクリスマスを過ごし、年賀状を出した。

今年の元日に彼女からメールが届いた。「年賀状、ありがとうございました」と書いてあった。

「そのとき、やり直せると直感したんです」彼がいう。「自分の気持ちを伝えたくって、メールしました。返信がありません。でも、毎日毎日メールしたんです。二月に入ったら、受信拒否になってました」

「しつこくしてたら、逆に嫌われるとは思わなかったんですか？」私がきく。

「思いました。だけど、やっぱり彼女のことが好きだし、彼女だって、俺のことあんなに好きだっていってくれたのにと思うと、どうしてもあきらめきれなくて」


彼女は川崎店でビジネス書の担当になっていた。後藤さんの得意分野だ。社内メールを使って、「この本を多く注文した方が良いと思います」などと仕事上の連絡をした。「ありがとうございます」と彼女から返信があった。

その頃、なぜだかわからないが、彼はアルバイトの主婦グループから無視されるようになった。彼女に社内メールを使って、相談にのって欲しいと頼んだ。「わかりました」と返事が来た。川崎店まで訪ねて行った。

「結局、自分のグチをきいてもらうような感じになって」彼がいう。「彼女が会ってくれるから、調子に乗って、何度も行ってたら、『仕事の相談だと思ったから会ったけど、こんなに何度も来られたら迷惑です』っていわれたんです」

それが二月のこと。

「先月（三月）、川崎店の資料が欲しかったので、送って下さいって社内メールをしたら、返信が来ました。『わかりました。送ります。私事ですが、この度、結婚することになりました』って。ガーンですよ。足元の床が崩れ落ちるような感じがしました」

「結婚とは急な話ですね」

「それが、先週の水曜日なんですけど……」彼がいいよどむ。

「ええ」

「お祝いを持って行ったんです。『おめでとう』ってご祝儀を渡そうとしたら、受け取らないんです。『そういうの断ってるから』って。そのとき俺、どうしてもききたかったから、『なんで俺じゃだめだったのか教えて下さい』っていったんです。彼女こわい顔して『そんな過去のこと覚えてません』って」


私たちはショッピングモールの二階にいる。ビールでも飲もうということになって飲食店の並ぶフロアーを歩いている。

「作家の宇野千代《うのちよ》さんがね」私は彼をなぐさめたいと思った。「気分を変えて新しい人と出会うことが、失恋克服の一番の近道だって書いてます」

「新しい出会いですかあ、ありますかね」

「ありますよ」

「わかりました、いまから気分を変えます」彼が声を出して笑う。

スパゲッティを箸で食べさせるチェーン店の前を通る。

「最初のデートのとき、ここで食事したんです。俺が勘定を払おうとしたら、『割り勘じゃなきゃ嫌だ』って、絶対おごらせてくれなかった」

「良い人ですね」

「俺も良いなと思いました。そのとき、彼女……」彼が言葉につまる。私は彼を見上げる。

後藤さんの目が涙でいっぱいになっている。

「『私と同じ匂いがする。私たち似てるよ』っていったんです」

大きな男が泣いていた。

# 街のサンドイッチマン

午前九時五十八分。横浜駅西口にある髙島屋《たかしま》の角の交差点に男性がやって来る。看板を逆さにして棒の部分を持っている。灰色のリュックを背負い、紺のコートを着て、黒のネックウォーマーを口まで引き上げている。着ぶくれてビア樽《だる》のようだ。交差点の角まで来るとリュックを道路に置き、手袋をはめ看板を立てる。看板には女性の顔写真、その横に「協信チケット、カードでマネー、はじめての方、女性でも安心」と書いてあり、下に電話番号が出ている。男性は右腕と体で看板の棒をはさみ、手をコートのポケットに入れ、信号の柱に寄りかかる。彼の横で二十人近い人が信号待ちをしている。信号が青になると人々はいっせいに横断する。向こうからも大勢の人々がやって来て、二つの波が中央で混じり合い双方に分かれていく。それが何度も繰り返される。看板と男性だけは杭《くい》のように動かない。

十一時。通りの西側にある「洋服の青山」には日が当たっている。東側の男性のいる場所は影だ。ときどき、手袋の手を耳に当てている。一月下旬の空気は冷たい。近くの歩道橋の上から男性を見ていた私の顔も冷たく、足の爪先が痛くなる。私はコンビニエンスストアに入り、温かい缶コーヒーを二本買い、男性のところへ行く。

「どうぞ」私は男性に缶コーヒーを渡す。

「いいの？」男性がいう。

「はい」

「いただきます」男性がニコッと笑う。

「かなり冷え込んできてますけど、大丈夫ですか」

「着こんでるし、背中にカイロ入れてるから」男性は缶コーヒーを左手、右手と交互に握る。男性の名前は矢野新一《やのしんいち》、五十三歳。

「オレは冬より夏の方がつらい。この体形だからさ、ほんと夏は地獄」矢野さんがいう。

「雨の日は休みですか」

「カッパ着てやるよ。雨よりも風、風の強い日は危険だから休みになる」

「看板の効果はあるんでしょうか」

「ずっとこの仕事があるってことはあるんじゃない。看板見てオレに場所をききに来る人はほとんどいないけどね」

「ここに書いてある『カードでマネー』ってどういうこと?」

「大っぴらにはいえない商売。要は、カードって、キャッシング十万、ショッピング三十万とかなんですよ。現金十万借りちゃって、金に困ってる人に残りのショッピング枠で何か買ってもらって、それを買い取ってあげますよっていう。別に違法じゃないけど、サラ金の一歩手前だね」

「矢野さんは一日立っていくらくらいになるんですか」

「いったらびっくりするぐらい安い……」彼はちゅうちょする。「要は、五千円ですよ、月十二万ちょっと、みんな地べたで寝てるからやっていける」

「要は」というのが矢野さんの口癖らしい。

「いつもどこで寝てるの?」

「オレはコトブキ（寿町）のドヤで寝てる。金があるからね」

「えっ?」

「だって、これ四年近くやってるからさ、最初の頃、地べたに寝て金貯めたから」

「貯金してるの?」

「うん」

「銀行とかに？」

「いや、全部持ってる」

「持ち歩いてるんだ」

「財布を二つに分けてる。財布Aが無くなったらヤバイ方ね、Bは一週間の飯代とか、あとスイカ（カード）に二万円入れて隠したりしてる」

「ドヤっていくらくらい？」

「月七万」

「七万も！」

「うん、入るときに一カ月分取られるから、あれ、ほぼアパートだよ」


十二時。矢野さんが立っているところにも日が当たってくる。昼休みで出てきたカーディガン姿の会社員たちが話しながら信号待ちをしている。矢野さんは背中に太陽を受けて北東方向を見ている。北東には、バスや車が行き来する六車線の道路、髙島屋と横浜ベイシェラトンホテルを結ぶ歩道橋、さらにその奥に「MORE'S」と書かれたビル、その文字の下に大きなデジタル表示の時計がある。

「あれを見てやっと十一時だ、やっと十二時になったか、とか思ってるんですか」

「そういうことを思う時期は過ぎたね」

矢野さんの耳にはイヤフォンが入っている。

「何をきいてるの？」

「ラジオレコーダーを二つ持ってて、こっちはラジオの深夜放送を録音したものが入ってて、もうひとつは歌」

「どんな歌？」

「この歳だからさ、自分が高校生の頃にきいてた歌ですよ」彼は恥ずかしそうにいう。

「誰が流行《はや》ってたのかな？」

「松山千春《まつやまちはる》とかかぐや姫とかサザンとか。いまの音楽はぜんぜんわかんない。要は、どう時間をつぶすかだからさ。時々、車のナンバー見て暗算したりもする」

「どんなふうに？」

「あの車、八四二五、八十四×二十五、二千百とかさ」

「すごい！」

「子どものときソロバン習ってたから」彼は得意気に次の車のナンバーも暗算してみせる。少ししてボソッという。「こんなの何の役にも立たない」

午後一時。矢野さんは看板を植え込みの木に立てかけて置く。リュックを背負って髙島屋に入る。暖かい。「ふーっ」と彼が息を吐く。地下一階に降りて行き、トイレに入る。地下一階は相鉄線《そうてつ》と地下鉄を結ぶ地下街になっている。コンビニエンスストアに入る。生姜《しょうが》入りの豚汁、鮭《さけ》のおにぎり、大福、温まるレモネードなどをスイカで買う。豚汁にお湯を注ぐとそれを持って階段の横に行く。立ったまま食べはじめる。

「座りたいんじゃないですか」私がきく。

「座るよりも歩きたい。足が硬直してるから」

おにぎりを食べ、豚汁をすすり、大福を食べる。咀嚼《そしゃく》しているとき、矢野さんの顔はクシャッと縮む。

「歯がないの？」

「うん、前歯は上下全部なくなっちゃった」

食事が終わるとコンビニエンスストアに戻り、ゴミを捨て、地下街を歩く。

「体の具合はどうなんですか」

「いまのところは大丈夫、太り過ぎだけどね」彼がフフフと笑う。

二時。再び交差点に立つ。矢野さんの立っているところはビルの影になっていた。

「ご両親は？」私がきく。

「もういない」

「ご兄弟は？」

「弟がいる。普通にやってると思うけど」

「連絡してないの？」

「まったく。だって、もうオレのことは死んだと思ってるでしょう。あんまり触れられたくないところだね」

「どうしてここに立つようになったのかを知りたいんだけど」

「キャハ」彼が高い声で笑う。「そういうこときききたいの？」

「はい」

矢野さんは少し考えてから話しはじめる。

小田原《おだわら》市出身の彼は、二十代の頃、会計事務所に勤め、税理士になるための勉強をしていた。ところが、友だちに教えてもらった麻雀《マージャン》が楽しくて夢中になり、勉強そっちのけで雀荘通いをするようになる。

目の前の楽しいことを追い求め、三十代になると競輪競馬に狂い、借金をしはじめる。

「ギャンブルに狂ったのがすべて」矢野さんがいう。

「やめようと思ってもやめられないの？」

「中毒だからね、もう、金を儲《もう》けたいとかじゃないの、ただただ、やらずにいられない」

借金はふくらみ、会社を辞め、催促から逃げるように車上生活をする。

四十代は群馬県に逃げて、電気製品やバイクなどの廃品回収をしていた。五年ほどやったところで、元締めの社長が夜逃げをした。トラックを貸していた業者が踏み倒されたレンタル料を払えと矢野さんにせまってきた。

「で、群馬県から逃げて横浜に来たの、そのときは完全にホームレス」矢野さんが頭をかく。「一銭の金も持ってないんだから、もう死のうと思ってた。ロープを持って歩いてた、トイレとかあるでしょう、あ、ここに吊《つ》り下げればいいなとか、木なんか見て、あ、ここでやるかなーとか、いろいろ思ってるんですよ……。ダメなんだね、死ねなかった」

三時。市バスが次々に交差点を曲がって駅のロータリーに入って行く。二羽のハトが高島屋を回るように飛んでいく。矢野さんは体の向きを変え、ポケットから飴《あめ》を取り出して口に入れる。

「お金がなくなってどうしたんですか」

「五日間くらい何も食べてない、ふらふらで、コンビニに入ったとき、よっぽどおにぎりを……」

「盗もうと思った？」

「うん、そうしたら同じところに寝てた人が炊き出しがあるよって教えてくれた」

「どこで炊き出しやってるの？」

「コトブキとか関内《かんない》、並ぶとパンとかおにぎりをくれる。それからは並ぶのが仕事になった」

「で、この仕事にはどうやってありついたの？」

「夜は図書館の前で寝てたんだけど、そこにいた人がやるかって、最初はできるかなーって思ったんだけど、一日立ってはじめて五千円もらえたときはうれしかったね」彼がフフフと笑う。「コンビニで買い物ができるんだから」

四時三十分。高島屋の上の方だけ西日が当たりキラキラしている。矢野さんは看板を植え込みに置き、高島屋の地下のトイレに行き、それから、暖房のきいている階段の横でしゃがみこむ。

「いまも競輪競馬をやってるんですか」

「毎週末やってたけど、去年ぐらいからバカらしくなってきちゃって、きつい思いして稼いだ五千円を一瞬でなくすのが悲しくなってきたわけよ」彼がペットボトルのレモネードを飲む。「いまが人生で一番マジメかもしれない」

五時。三十分休憩して、再び交差点に立つ。駅へと向かう人が増えている。日が沈み、ビルの袖看板が明るくなる。「四谷学院」「アイフル」「野村證券」「レイク」……。

「一度、NPOの人に寮みたいなところに入れてもらって、住所をそこにして生活保護を申請したことがある」矢野さんがいう。

「どうでしたか」

「役所の人にズタズタにいわれた」

「そう」

「いきなり、いま生活保護に三兆円かかってますって。で、どんな仕事やってきて、なぜ辞めたのかとか全部きくわけよ、いちいち『もうちょっと頑張れなかったのかな』とかいうわけ。オレだってほめられた人生を歩んできたわけじゃないことはわかってんだよ。図太い人は平気なんだろうけど、オレ弱いから気が滅入《めい》ってきてさ」

「他人に否定されたくないよね」

「要は、オレ気が小っちゃいのよ。それにマトモな職につく努力しろっていわれても無理でしょう、五十だよ。いまの若い人だってあんなに苦労してんのに。オレにはそこまでして自分の人生を切り開いていく気力はない」

生活保護はもらえなかった。

通りの向こうの「洋服の青山」の大きなスライド看板が明るい。ビジネススーツの佐々《さ さ》木希《きのぞみ》がにっこり笑っている。「スーツは、かしこく　かわいく　かんじよく」

六時。矢野さんはじっと立っている。人の流れが途絶えることはない。

「目の前を通る人を見てますか」私がきく。

「見ちゃう。オレ、目が悪いから、見つめると睨《にら》んでるように思われるから、見ないようにしてるんだけど」

「べつに睨んでるようには見えないけど」

「人にいわれたことがある、怖いって」

「通る人を見てて、きれいな人だなーとか思わないの？」

「もちろん、思いますよ」彼がニコッと笑う。「可愛いなって思ってる子はいる。毎日通るので、あれ、今日は来ないなとか、高校生とか、ずいぶん大きくなったなとかさ、だけど、そんなの顔に出すとヤバイんだよ。オレは単なる看板なんだからさ」

「単なる看板ね」

「うん、看板を支える棒と同じ。なんの価値もない、オレの人生、時間つぶしてるだけだからさ」

「私もそうだけど、みんな生きて時間つぶしてるだけなんじゃないかなあ」私はまわりを見回す。

若い男女の集団ががやがやと立ち止まっている。居酒屋の呼び込みの男性が声をかける。大きな袋を肩から下げた二人づれの女性が甲高い笑い声を上げる。会社員が携帯電話で言い訳をしながらうろうろしている……。

六時四十五分。矢野さんはイヤフォンをはずしてラジオレコーダーに巻きつけてリュックにしまう。手袋を脱いでコートの内ポケットに入れる。看板を逆さに持つと駅とは反対側に歩いて行く。

「事務所にこれを返したら、終わりです」彼が笑う。

「終わるとあっという間だったなって感じ？　それとも長かったなーって感じ？」

「今日の一日が？」

「うん」

「長い」彼が即座に答える。少しして「長いけど、前は飢え死にしそうだったんだから、それを考えると長いくらい我慢しないと。オレ、いま幸せなんですよ」

私たちは活気づいている飲み屋街を並んで歩く。

「これから、コトブキのドヤまでついて行っていいですか」私がきく。

「……」矢野さんは何かを考えている。

「ごめん」彼が足を止めて私をすまなそうに見る。「本当はオレ、いまも地べた暮らしで、ドヤには住んでないの……、要は、オレ見栄はったんです」

私は思わず噴き出した、〈見栄はどこにでもあるものだな〉と思って。彼も笑った、たぶんほっとして。

# おばあちゃんと孫

午後六時、ファミリーレストランに女性と男の子が入ってきた。二人は四人がけのボックス席に向き合って座る。私は通路を挟んだテーブルで食事をしている。女性は白いものの交じった髪を後ろでまとめ、グレーのシャツの上に黒のダウンベストをはおっている。首から紐で黄色い縁の眼鏡をつるしている。男の子は坊主頭で長袖の丸首シャツを着て紺の半ズボンをはいている。

女性は袋から小型のビデオカメラを取り出し、テーブルの上に置く。説明書を手にして眼鏡をかける。

「おばあちゃん、何食べても良い？」男の子がきく。

「うん」女性は説明書を見ながら頷《うなず》く。おばあちゃんと孫だ。女性は六、七十代のように見える。

「SDカードってどこに入ってるんだろう」おばあちゃんがつぶやく。

「見せて」孫がカメラに手をのばす。

「だめ」おばあちゃんが孫の手をはらう。

店員が水を持ってやってくる。

「ショーちゃん何？」おばあちゃんがきく。

「タンドリーチキンとメキシカンピラフ、マロンパフェ」

「それと野菜たくさんのドリア」おばあちゃんがいう。

店員がリモコンに注文を入力する。二人は近所に住んでいてよくこの店に来ているようだ。

「これで明日の運動会撮るの？」ショーちゃんがきく。

「そうよ」

「五年生になったからかな、あんまり緊張しない」

「ああこれか」おばあちゃんがカメラからＳＤカードを取り出し、かざして見て、もう一度入れる。

タンドリーチキンとメキシカンピラフが運ばれてくる。

「食っていい？」ショーちゃんがきく。

「うん」おばあちゃんは説明書を読んでいる。

ショーちゃんはチキンを頬ばる。

「うまい。おばあちゃん食べる？」

「いらない」

「嫌いなの？」

「いま説明書読んでるの」おばあちゃんがうるさそうにいう。

「腹が減っては戦ができぬ」ショーちゃんがひとりごとのようにいう。

ドリアが運ばれてくる。

「明日何に出るの？」おばあちゃんがドリアを食べながらきく。

「百メートル走」

「どう、勝てそう？」

「勝てると思うけど、怖いのはチンだね」

「チンに負けそうなの？」

「リョウとかダイスケは抜かせるけど、チンにスタートで負けると危ない」

「今日、帰ってからスタートの練習するかい？」

「今日？ 日頃の努力が大事っていうからさ、急にやってもね」

「明日早く起きて、しっかりご飯食べていかないと」

「うん」

ショーちゃんの親はどうしているのだろう。仕事で帰りが遅いので、おばあちゃんに子どもの面倒をみてもらっているのかもしれない。

「リレーでさ、マユミがバトンの受け渡しヘラヘラやってるから、『負けたらお前のせいだぞ』っていったら泣いちゃった」ショーちゃんはピラフを食べながらいう。

「そんなこといっちゃだめ。あんた器量が小さいね」

「だって……」ショーちゃんはシャツの袖を引っ張る。「女の子っていっつもグループでいるから、ひとりじゃ何もできないんだ」

「そうお?」

「この前、ミキがひとりで本読んでるから、『仲間はずれにされたの』ってきいたら、本ぶつけられた」

「そんなこときくからだよ」

「女の子ってよくわかんない」

「わかんないよね、大きくなってもよくわかんないのが女の子だからさ、覚悟しといてよ」

♪ポロン、ポロン　ハープ演奏のような電子音が鳴る。

おばあちゃんが携帯電話を取り出し、眼鏡をかけて見る。

「ママからだ」おばあちゃんがいう。

「なんて？」

「明日、少し遅れるかもしれないって」

ショーちゃんの母親は夜勤の仕事についているらしい。

彼はシャツの襟をギューッと引っ張って、自分のお腹を見ている。

「そんなに引っ張っちゃだめだよ」おばあちゃんがいう。

ショーちゃんが水を飲む。

マロンパフェが運ばれてくる。

「今朝のテレビでいってたけどね」ショーちゃんがいう。

「うん」

「今年は秋が短いって」

「いやだね」

「おばあちゃん、癖で布団けっ飛ばすんだと思うけど、それで風邪ひかれると、オレが困るんだよ」

「わかった」

おばあちゃんはドリアを食べ終わりナプキンで口を拭くと、携帯電話を取り上げてメールを打つ。

「リョウがミキに『せいたかのっぽ』っていったのね」ショーちゃんはマロンパフェを食べている。

「話しかけないで、早く食べて」

「とりあえず、先に行ってますって返信しとけばいいよ」

「……」おばあちゃんはメールに集中している。

ショーちゃんはマロンパフェを食べ終わり、スプーンを舐《な》める。

「ごちそうさま」

おばあちゃんが携帯電話の画面をショーちゃんの顔の前に持っていく。

「お仕事ご苦労様（ショーちゃんが声を出して文面を読んでいる）、いま、ジョナサンで食事中。明日は先に学校に行ってます。ショータは十時からの百メートル走に出ます。一着になるといってます。待ってます」

読み終わるとショーちゃんはおばあちゃんを見てこくんと頷く。

おばあちゃんは携帯電話をパタンと閉じる。

ああ、なんてみじめな

私は幾子《いくこ》が妊娠していることを第六週くらいで確信しました。

私たちは不妊治療をしていて、彼女の基礎体温をグラフにつけるのが私の役割でした。ですから、私には、幾子の月経周期や排卵日や高温期の長さなどがおおまかにわかっています。高温期が十四日を越えることはいままでになかったので、第三週を越えた頃から、妊娠しているのではと思いました。そして、そうだとしたら、いったい誰の子なのだろうと考えはじめたのです。不妊治療をしていたにもかかわらず、この半年近く私たちは性交をしていなかったからです。

幾子自身も妊娠していることを自覚していたと思います。堕胎《だたい》を考える時間は十分にありました。ところが、堕胎どころか、彼女は喜んでいました。明るく元気になり、皿洗いをするときなど鼻歌を口ずさむほどです。私はこのまま知らんふりをして、自分の子として育ててもいいかなと思うようになったのです。

私たちは大学のサークル、児童文化研究会で知り合いました。二人とも子どもが大好きです。幾子は理論派で「子どもの権利条約」などを論じていました。私はたんなるお調子者でボランティアで児童館に行って子どもたちと遊ぶことを楽しんでいました。大学時代は同じサークルのメンバーというだけでお互い恋愛感情をもっていなかったと思います。少なくとも私が好きだったのは幾子とは別の女性でした。

卒業後、同窓会で再会します。私たちは三十代になっていました。そのときの幾子のさびしそうな様子に接して、放っておけないような気持ちになりました。あとできくと数年にわたる彼女の恋愛が終わったときだったのです。ともかく、私たちはつき合うようになり結婚しました。その頃、幾子は翻訳のアルバイトをしていて、私は塾の講師をしていました。子ども好きな二人なので、自分たちの子どもをもつことが目標になりました。ところが、三年経っても子どもができません。病院に行き、お互いに子どものできない体ではないとわかり、不妊治療を開始したのです。

妊娠七カ月目に入る頃、弘前《ひろさき》に住む幾子の両親が遊びにきました。彼女は母親に何でも話す人だったので、嘘《うそ》をついていることに耐えられなくなったのでしょう。明るい調子で、

「お腹の中の子は須藤《すどう》君（私）の子じゃないの」といいました。母親は「おろしなさい」と大きな声で怒りました。彼女は母親の剣幕に驚き、床に手をついて「産ませて下さい」といいました。目の前で行われている母子の会話が、どこか芝居じみていて、私はしらけていました。それで、私が母親に「自分の子ではないと知っていました。それでもかまわないので私の子として育てたいんです」といいました。

その日の夜、母親の追及で、幾子は相手の名前を口にしました。パク・ジョヒョクという韓国人でした。映画関係の仕事をしていて、文通で知り合い、韓国旅行をしたときに会い、惹《ひ》かれあったのだといいます。ただし、パクには奥さんがいて、結婚はできないのです。両親が帰るとき、母親が私に「申し訳ありません」といって頭を下げました。

深夜、幾子が手紙を書いています。パクにです。彼からも手紙が来ているのを私は知っています。私は見て見ぬふりをしています。しかし、あるとき、いたたまれなくなって、酒を飲んだ勢いで、「文通を止めろ、アイツの写真は捨てろ」と怒鳴りました。彼女は黙っているだけです。

これまで一度も、幾子は私に謝っていません。

十一月十日の早朝に久《ひさし》は生まれました。私は病院の近くの神社に行き、手を合わせ、〈私を父親にして下さい〉と祈りました。

大人の都合なのに、相手への不満を子どもにしわよせしてはいけないというのが、私たち夫婦の一番の約束事です。

出産から続く育児の日々はあわただしく過ぎていきました。

久への授乳や夜泣きにも慣れてきた頃、私は性交をしたいと思い、彼女の体に触れました。彼女は大きな声で「眠いからイヤ」と拒否しました。その後、何度か手を出し、拒否され、そのたびに、幾子と私の間に透明な壁が築かれていきました。彼女に触れるのが怖くなったのです。このままでは、いっしょに暮らしていくことが難しいと考え、思いきって、「私がさわるとイヤっていうのはどうして？」とききました。「体が受けつけない」といいます。「それは生理的にダメってこと？　正直にいっていいから」

「パクさんと出会ってから、あなたと男女の関係を結べなくなったんです」といいます。そして「でも」とすぐにつけ加えました。「女としての相手はできないけど、妻や母としてならいっしょに生活できると思う」

私は、「正直にいっていいから」といっておきながら、幾子から正直な気持ちを告げられると、自分がみじめになり、パクと幾子に憎しみを覚えたのです。

パクが実父であるという事実、彼女と肉体関係をもったという事実は消えません。そのことを思うと、はらわたが煮えくり返るようになります。

久が一歳の誕生日を過ぎた頃。

椅子の上に乗って天井の蛍光灯を取り替えていて、飛び降りた瞬間、バンと音がしました。右足が痛くて立ち上がれません。医者に行くと、アキレス腱《けん》断裂と診断されました。手術を受け、十日間の入院です。その後、リハビリが一カ月以上続きました。

幾子はあれこれと私の身の回りの世話をやいてくれました。彼女のやさしさを感じた私は、〈幾子が浮気をしたのは人間が誰でも持っている弱さのひとつに過ぎない。それを彼女の負い目にあぐらをかいて、いたずらに憎悪をぶつけるのはつつしもう〉とノートに書きました。

入院から一カ月後、松葉杖が取れました。

突然、幾子が「パクさんが子どもを見たいといっているので、韓国に行ってくる」といいます。まるで、ちょっと隣の家に遊びに行ってくるというような調子です。「何を考えてるんだ」と怒ったのですが、彼女は私を無視して旅行の用意をし続けています。

一カ月ぶりに塾に行きました。私の代わりの人が授業をしています。塾長に会ったら、受験の一番重要な時期に先生がケガをしたので困った、代わりの先生を探してきたが、この人が案外良くやってくれている、できれば、今後も彼でいきたい、申し訳ないが先生のいる場所はなくなるかもしれない、といわれました。私は、数学以外にも教えられるし、事務職でも何でもよいので置いて下さい、一歳の子どもを抱えているんです、と頼みました。二月に契約更新の相談があるので、そこで話し合いましょうということになりました。ただ、最後に塾長が、いまのところ無理して出てこなくていいので、次の仕事を探してみて下さいとつけ加えたのです。やはり解雇です。不安が胸をしめつけます。

こんなときになぜ、幾子がそばにいてくれないのだと思いました。今頃、幾子はパクと会って何をしているのでしょう、私がどん底にいるというのに。

十日後に、幾子と久は帰ってきました。久の上の歯がはえはじめています。「タアタア、タアタア」といいます。〈可愛くなったなー〉と思い、この子のためにも、一刻も早く次の職を見つけなければと思いました。失職のことを幾子にいうと、「あなたなら大丈夫、どこの塾でもほしがるわよ」と励ましてくれました。

久が真っ赤な上下を着ています。「おい、いいの着てるな」と久にいうと、横から幾子が「パクさんのお姉さんが買ってくれたの」といったのです。パクだけでなく、パクの親兄弟ともつき合っているのだと知って、いっぺんに気分が悪くなりました。

パクは私にひどいことをしたと思っていないのでしょうか。

その夜、幾子を詰問しました。「久にとって一番よい生き方を選ぶことが大人の責任だ。久に不倫の子だと告げるのは酷だと思わないか、もう、パクのことはあきらめろ」と、子どもを人質にとった迂遠《うえん》で、イヤらしいいい方をしました。

私は、自分のこうした陰湿なところが嫌いです。たぶん、こういう態度で接していると幾子も私のことが嫌いになるでしょう。わかってます。わかってますが、幾子を寝取られたと思うと、どうしようもなく自分がみじめで、こんなふうにしつこく彼女にからみたくなってくるのです。

幾子が行こうというので、久を連れて、「トイザらス」にオモチャを買いに行きました。砂場での遊び道具が必要になったからです。オモチャを選ぶ私たちを外から見ると、仲の良い幸せそうな家族です。こうしたことを平気でやれてしまう彼女の気持ちが私には理解できません。彼女は、母、妻、女を独立させて演じることができるようです。

私は新しい塾に面接に行っては断られています。

幾子は、母親の具合が悪いからといって、久を連れて弘前の実家に帰りました。彼女が家を出た直後、弘前のデパートから電話があり、「明日面接に来られるということですが、持参していただくものをお伝えしようと思いまして」といいます。一瞬、間違い電話かと思いました。少しして、〈幾子は私に内緒で弘前での働き口を探してるんだ〉と理解しました。ともかく、弘前のデパートから電話があったことを幾子に伝えると、「お手数をかけました」と他人行儀な返事です。腹が立った私はブチッと電話を切りました。

私たちは離婚することになるのでしょうか。

タンスの小物入れの中に、整理されないままに写真が入っています。私と幾子と久の三人で撮った最近の写真と、パクと幾子のツーショットの写真を見較べました。彼女の表情がまるで違います。私との写真では唇を引き締めて沈んだ表情なのに、パクといっしょの写真では明るく生き生きとしています。そのとき、もう、私たちは夫婦としてダメかもしれないと思いました。

一週間後、幾子から「明日帰ります」と電話がありました。私はすっかり気分が落ち込んで、消耗しているくせに、「まあ、ごゆっくりどうぞ」と答えてました。

弘前から帰ってきた幾子は離婚届を手にしていました。おそらく、母親と相談して決めたのでしょう。さらに、私がひとりで暮らすためのアパートも、すでに見つけていました。もう、彼女はすべて、自分で決め、自分でやってしまいます。

彼女の両親がやって来て、引っ越しの手伝いをしてくれました。彼女のものは運送屋の車に載せ、私のものは父親がレンタカーで運びます。なさけないことに私が運転免許を持っていないからです。

いろいろな手続きが終わるまで、幾子と久と私は八畳一間のアパートで暮らすことになります。幾子は台所にフライパンや鍋を置き、食器を片付け、布団をたたみ、手際よくひとり暮らしがしやすいように整えてくれました。

夜、三人で川の字になって寝ました。これで幾子と別れることになるのかと思うと、私は眠れません。

午前四時、彼女の上にのしかかるようにして、押さえ付け、首筋にキスをしました。彼女は抵抗します。私はカエルのように彼女にしがみつき、乳房をまさぐりました。彼女は私の右手の三本の指をきつく握りしめて拒絶します。指は私の体重と彼女の肋骨《ろっこつ》に挟まれたままです。私の指がしびれてきました。手を抜いて、はがいじめにします。暴れる足に足を絡ませて止めました。彼女の体から力がぬけました。能面のような顔をして天井を見てます。なんてみじめなことだろう。なんてイヤな男だろう。

三月、幾子が子どもを連れて弘前の実家に帰るのを東京駅の新幹線ホームで見送りました。久は覚えたばかりの「バイバイ」——実際はうまく発音できなくて「ヤイヤーイ」だったのですが——をいって、しきりに手を振ります。彼女は泣き出しました。私も泣きました。ドアはなかなか閉まりません。子どもはうれしそうに「ヤイヤーイ」と手を振っていました。

あれから四カ月が経ちました。桜が咲き、桜が散り、新緑となり、初夏のきざしが訪れ、そして梅雨です。が、どの季節の変化も私には遠いところで起こっていることのように感じられます。いくつもの疑問が心をぶ厚いカーテンのように覆っているからです。

なぜ、幾子は他の男と寝たのでしょう。そのことで私にすまないと思わなかったのでしょうか。私を嫌いになったのなら、妊娠したときに、なぜ別れるといわなかったのでしょう。私が父親になるといったのを受け入れたときはどんな気持ちだったのでしょう……。

なんだかずっと彼女の手のひらの上で術策にはまっていたような気がします。

私の就職先はまだ決まっていません。家庭教師のアルバイトを掛け持ちして食いつないでいます。今日も午後四時になったら出かけなければなりません。先日、雨が降っているので長靴を出しました。左足を入れると突っかかるものがあるので、長靴を逆さにして振ると、メロンシャーベットのプラスチックの容器が出てきました。久のいたずらです。そのプラスチック容器はいまも玄関にころがったままです。

（一冊の大学ノートが送られてきた。ノートには上記の内容が書かれていた。ただし、出来事は前後し、論理は混乱し、怨嗟《えんさ》のことばで溢れていた。それらを整理し再構成した）

# 先生

「ひとり暮らしの家の中に男の人が入ってきて、違和感はなかったですか？」私がきく。

「私にとっては、男の人じゃなくって、男の子って感じなの、だから高橋《たかはし》くん、高橋くんっていってる」岩崎光代《いわさきみつよ》さん（七十歳）が答える。

「でも、もうすぐ五十になる男よ」小山厚子《こやまあつこ》さん（六十五歳）がいう。

「高橋くんはあなたのこと何て呼んでるの？」菅原珠恵《すがわらたまえ》さん（六十五歳）がきく。

「先生」

ファミリーレストランの隅の席に座って、私は三人の女性と話をしている。髪に白いものが交じっている岩崎さんはいつもにこにこ笑っている。小山さんはくるくると目を動かして大きな声で話す。菅原さんは人の話をじっときき話し声は低い。三人とも元小学校の教員だ。

三年前の六月、岩崎さんはベンチに座っている男性から声をかけられた。「俺、高橋ですけど、三日間メシ食ってないんです」。彼女は自分の教え子かもしれないと思った。男性は汚れたキルティングの上着を着て、顔と手は真っ黒で、汗と垢《あか》とゴミが混ざったような臭いを放っていた。岩崎さんは男性の隣に座った。彼は家も仕事もなく、八年近く公園のトイレで寝泊まりしているのだという。岩崎さんは自分の教え子ではないと思ったが、何かしてあげたいという気持ちになった。生活困窮者を支援しているNPO法人「もやい」のことを思い出し、家に帰ったら連絡してみようと考えた。「あとで連絡ちょうだい」といって、家の電話番号を書いたメモと三千円を渡した。

「よく隣に座って話をきこうって気になりましたね」私がきく。

「私、臭いに鈍感なのかもしれない」岩崎さんが笑う。「それと父のこと思い出したのね」

岩崎さんの父親は、戦後中国から引き揚げてきて、働き口がなく、失業者対策の道路工事の仕事をした。当時、日給が二百四十円なので「ニコヨン」と呼ばれていた。

「私が三十歳くらいのときかな」岩崎さんがいう。「春休みに子どもたちが家に遊びに来てて、いっしょに歩いてたら、向こうから仕事帰りの父がやって来たの、父は『おー』っていったけど、その汚れた姿を見てね、返事できなかった。子どもたちに『先生のお父さんよ』っていえなかった。父は私が三十七のときに亡くなった。あれはまずかったなーっていう思いがずっとあってね、その後、格好で人を判断しちゃいけないと思ったんです」

岩崎さんは家に帰ってから、「もやい」に電話をしたが通じなかった。男性から電話がかかってきた。家の近くの駅で待ち合わせをした。彼はリュックを背負い、両手に大きなバッグ五つと紙袋二つを持っていた。彼を家に連れてきた。家に入ると男性は自分のことを話しはじめた。

男性の名前は高橋勇気《ゆうき》、四十六歳。親に捨てられて岐阜県の乳児院で育った。小・中学校は特別支援学級で学び、児童養護施設から通った。中学校卒業後、土木関係の会社に入り、寮生活をしていたが、女性の下着を盗んだことが警察沙汰になり、首になった。日払いの仕事を転々とし、知り合いや消費者金融やヤミ金業者から金を借り、全部踏み倒して東京に逃げてきた。

岩崎さんは、特別支援学級にいたことや彼の話し方が「あれ、これ、それ」といった言葉が多く、わかりにくいことなどから障害をかかえているのだろうと思った。周りの人が障害者として対応しなかったために、彼は自分の力ではどうにもならない苦労を背負いこんで生きてきたのだろう。「外で暮らす人間はね、泥棒でも何でもしなければ生きていけない。だから、俺も人殺し以外は何でもやったよ」とすごんでみせたが、「下着を盗む以外にどんなことしたの?」ときくと、何も答えられなかった。根は気の小さな人なのだろうと思った。

話をきくうちに日が暮れ、彼に風呂に入るようにといい、夕飯をいっしょに食べ、行くところがないのなら泊まりなさいといった。彼の話は重複が多く、二晩かかっても終わらなかった。

三日目に、この状態について岩崎さんは小山さんに相談した。

「家に行ったら臭いがぬけてないのよ」小山さんが顔をしかめる。「私、岩崎さんだまされてるなって思った。だから、一度家から出てもらった方が良いっていったの。高橋くんと半分喧嘩みたいになったよね」

「そのとき岩崎さんは何ていったの?」菅原さんがきく。

「この人、高橋くんを泊めることは『私が決めたんだから』っていったのよ」

「そうだったかしら」岩崎さんが笑う。

「私、心配だから、夫といっしょに、あなたの家の近くの交番に行ったの。お巡りさんに事情説明して、何かあったらたいへんだから見回りして下さいって頼んだのよ。そうしたらお巡りさん何ていったと思う？　『その人認知症が入ってますか？』ってきいたのよ。『いえ、認知症になるような歳じゃありません』っていったの、『いまどきそんな奇特な方いるんですか』って、『ええ、いるんです』って。で、夜回りしてくれることになったの」

岩崎さんの友だちはみんな心配した。男性の友人は「早く追い出しなさい」といったし、ひとりの女性は「あなたが外出している隙に一切合財盗まれるかもしれないわよ」といった。しかし、岩崎さんには高橋くんがそんなに悪い人間だとは思えなかった。

こうして岩崎さんは高橋くんを居候《いそうろう》させた。すでに三年半が経つ。


岩崎さんは多くの習い事をしている。太極拳や習字や水泳などで毎日忙しく過ごしながらも、高橋くんを支えた。ハローワークで仕事を探すようにと勧めた。通い続けているが、彼を雇ってくれる会社は見つからない。次に生活保護が受けられるようにした。どうにか自立するには、障害者として対応してもらうしかないと考え、障害者支援センターに相談に行った。センターでは仕事を紹介するには医師の診断が必要だといわれた。岩崎さんは彼を連れて病院へ行った。

生活保護が受けられるようになると、住所をつきとめた金融業者から督促状が送られてくるようになった。岩崎さんは彼といっしょに、市の無料法律相談や日本司法支援センター（法テラス）を訪ね、対策方法を教えてもらい、書類を作成し送った。督促状は一カ所からだけではなかった。ぽつぽつと届き、そのたびに対処した。

「近所の人はどう思ってるの？」菅原さんがきく。

「回覧板を回す範囲の人には説明しておいた方がいいと思って、わりと仲の良い人に相談したら、遠い親戚が来てるっていうのでいいんじゃないって、それでそういうことにしてるの」

「イヤないい方ですが、『男を連れこんでる』というような陰口はいわれませんか？」私がきく。

「さあ」岩崎さんが首を傾げる。

「そういうのを気にしない人なのよ」小山さんがいう。

「鈍いから」岩崎さんが笑う。

「『部屋片づけるわよ』って、彼の部屋を整理してたら、ビニール袋に入った女性の下着が出てきたの。週刊誌とかでそういうものが売られてるって知ってたけど、こういう人が買うのかって思ったりして」

「あなたの洗濯物は大丈夫なの？」小山さんがきく。

「最初、私のパンツなんか取り込んでもらったりするの、ちょっとイヤだなって思ってたけど、この頃は平気になっちゃった」

「彼はあなたを女として見てないのね」菅原さんが笑う。

「見てないと思う」岩崎さんがいう。「彼の部屋にはぬいぐるみが何十個もあるのよ」

「夜、抱いて寝てるんじゃないの」小山さんがいう。

「そうなのよ。精神科のお医者さんが、お母さんがいないってことが、すごくいろんな面で出てますねって」

　高橋くんが路上生活をしているとき、食べられなくなると、養護施設の先生で、いまは東京に住んでいる人のところへ行って世話になったと聞き、岩崎さんはその人を訪ねた。

「彼は、生まれてはじめて家庭というものを経験しているのだと思います。よろしくお願いします」といわれた。

「いっしょに食事してるとね、彼は若いから油っぽいものが好きでしょう。だから、違うおかずになるの。そうすると、『それが食べたいな』って私の皿を指したりして、『いいわよ、取ったら』っていうと、『取ってよ』っていったりする。〈ああ、甘えてるんだなー〉って思って、甘える時期がなかった人だからね、こういう経験も大事なのかなって、面倒くさいけどね」岩崎さんが思い出して笑う。

一度、新宿《しんじゅく》警察署から電話があった。彼を勾留《こうりゅう》しているので迎えに来てほしいという。落ちていたスイカカードを拾って、自動販売機で使って捕まったのだという。

「新宿署に行ったのよ」岩崎さんがいう。

「本人は悪いことしたってわかってるの？」菅原さんがきく。

「うん、『もう、ぜったいにしません、ごめんなさい』って謝ってたけどね」

「病院に連れて行ったり、借金への対応をしたり、そのうえ警察まで行かなければならないって、大変だなーって気持ちになりませんか？」私がきく。

「警察に勾留されるってどういうことなんだろうって興味津々で、私って、大変さよりも好奇心の方が強いっていうかさ」岩崎さんが笑う。「それに、彼がいて苦労することばかりじゃなくて、良いこともあるのよ」

高いところの物を取ってくれるし、流しのパイプがつまるとはずして掃除をしてくれる。外階段のひび割れをセメントで埋めてくれるし、落葉掃きもやってくれる。日曜いで働きに行くとそこでの出来事を話してくれる。それは岩崎さんにとって楽しい時間なのだという。

ときには喧嘩もした。怒った彼が「出ていく」という。「出ていけば」といったら、本当に出ていった。近くの公園で一晩を過ごして帰ってきて、彼はこういった。「温かい布団で寝ちゃったから、もう外の生活は無理だ」

「鏡見るのが嫌いな人なんです」岩崎さんがいう。「自分で自分の顔見るのが恥ずかしいみたいね。口のまわりに食べ物がついてるから鏡見なさいっていうんだけど、イヤだって、服の袖口で拭いたりする。『服が汚れるからだめ、ティッシュペーパーで拭きなさい』っていったりしてね。すぐにはいうこときかないけど、何回もいうのは小学校の教員やってきて慣れてるから」

「低学年のクラスみたい」菅原さんが笑う。

「しつけに生きがいを感じちゃってる」小山さんも笑う。

「あなた、高橋くんと暮らすようになって見違えるように元気になったよね」小山さんがいう。

「そうかしら」

「高橋くんと会ったのが六十六のときでしょう。その前年に嘱託《しょくたく》をやめて、手持ちぶさたになったみたいで、私のところに頻繁に電話してきた。五月頃、めまいがするから病院に行って、脳のMRIを撮ってもらったって」小山さんがいう。

「わるいけど、あの頃、顔もしなびちゃってた」菅原さんがいう。

「自覚ないかもしれないけど、不安を感じてたみたいだったよ」小山さんがいう。

「体が不調だったりするとひとりはね……」岩崎さんがいう。

「元気になったのは、高橋くんという生徒ができたからでしょうか？」私がきく。

「そうかもしれません。この人たちに先生役やってるっていわれてますから」岩崎さんが笑う。

「この人、学校の先生という仕事が本当に好きなのよ」小山さんが大きな声でいう。

「私」菅原さんが考えながらいう。「岩崎さんのやったことよりも、そのことに自分がどう反応したかということにショックを受けたような気がする」

「どういうことですか？」私がきく。

「私にはできないことをしていると思って」

「うん、私にもできない」小山さんがいう。「私は『もやい』にカンパして、『ビッグイシュー』を買うくらいしかできない通俗的な人間だと思った。この人は全生活投げ出したんだから」

「私たちの学校ってたいへんな地域だったじゃない」岩崎さんがいう。「母子家庭の子は多いし、栄養失調の子はいるし、父子家庭の子もいた。ときどき、そういう子を家に連れてきてお風呂に入れたり、泊まらせたりしたから、その延長のようなものだったのよ」

「最初の頃、高橋くんが信用できなかったから」小山さんがいう。「『友人として、あなたが火をつけられて焼け死んじゃうの見るのイヤだから』って私いったの。そうしたら、この人『いいわよ、私、焼き殺されたら本望だから』っていったの」

「そんなこといった?」岩崎さんがいう。

「いったのよ。売り言葉に買い言葉だったかもしれないけど、それがこの人の覚悟だったのよ」

「すごいよね」菅原さんがいう。

「世間知らずなんです」岩崎さんが照れていう。

「それはいえる」小山さんが大きく頷く。

岩崎さんが声を出して笑う。小山さんも笑い、菅原さんも私も笑った。

私は、『二十四の瞳』の大石《おおいし》先生や『奇跡の人』のアニー・サリバン先生を思い出していた。

## あなた何様？

「これで六度目の書類提出なので、不備がないようにしたいんです。ええ、そうですね……、はい……、はい……」篠原由貴《しのはらゆき》さんはノートパソコンを見ながら電話をかけている。ここはテキサス州ダラスにあるホテルの一室。彼女が電話をしている相手はジョージ・W・ブッシュ大統領事務所の秘書だ（事務所では元大統領をいまも「大統領」と呼んでいる）。

突然、携帯電話が鳴る。見ると社長のミチコ・ヴェッカーズさんからだ。由貴さんは無視して切る。

「取材をお願いする日時のところには、こちらの希望する期間を書いておけばいいんですか？　はい、三週間程度ですね、はい……」

また、携帯電話が鳴る。ミチコさんからだ。切る。すぐにまた鳴る。由貴さんは携帯電話の電源を切る。

由貴さんが勤めているヴェッカーズ・プロダクションはニュージーランドの会社だ。ドキュメンタリー番組や企業のコマーシャルを制作している。現在進めている企画のひとつに「9・11以後の世界」という番組がある。そのなかでどうしてもブッシュ元大統領のインタビューが必要だとミチコさんがいいだし、由貴さんに取材許可を取るようにと命令した。

〈二十五歳の私にそんな仕事ができると思ってるの？〉

彼女はどこから手をつけて良いかわからないまま、ホワイトハウスに問い合わせ、紹介してもらったダラスの事務所にメールを送ったり電話をしたりした。が、まったく良い返事がもらえない。彼女はダラスに行くしかないと考えた。ミチコさんにそういうと、「四日間の費用は出すけど、あとは自前よ。許可がもらえなかったら帰ってこなくていいから」といわれた。

「今日の午後、書類とシナリオをお持ちします。はい、はい、では、のちほど」由貴さんは受話器を置くと、ふっと息を吐き出す。携帯電話の電源を入れる。着信履歴が五つもある。全部ミチコさんからだ。するとまた鳴る。

「篠原由貴で……」

「どうして出ないの！」ミチコさんの大きな怒鳴り声が耳に痛い。「私がいまチュニス空港なのは知ってるわよね」

「はい」由貴さんはすぐに、パソコンでチュニス・カルタゴ国際空港出発便のサイトに入る。ミチコさんと撮影クルーの乗る便はあと十分で飛び立つ。

「これからタンザニアに移動しなきゃならないのに、ここの職員ぜんぜんわかってないのよ。荷物が重量オーバーで追加料金払えって。あなたに追加料金払わなくていい便を探して欲しかったのよ」

「お客様電話をお切り下さい」というスチュワードの声がする。「わかってるわよ」ミチコさんがいう。「今度電話に出なかったら、あなたクビ。この追加料金、あなたの給料から引くからね」

プチッと電話が切れる。

〈またか〉と由貴さんは思う。「クビ」はミチコさんの口癖なのだ。

アメリカの大学でジャーナリズムについて学んだ由貴さんは、卒業後一年間、インターンとして新聞社や映像制作会社で働いた。その後帰国するが、日本で働く気はなかった。アメリカの自由な空気に慣れた身に、日本は堅苦しく感じられたからだ。〈あの満員電車におとなしく乗ってるなんてムリ〉

　大学の同級生を頼って、ニュージーランドの首都ウェリントンへ行った。友だちの家に居候して、就職活動を行った。映像制作会社ばかり八社受けて、ヴェッカーズ・プロダクションに受かった。社長のミチコさんは母親が日本人だし（父親はイギリス人）、会社は日本企業の仕事も多くしているので、日本人を採用すれば役立つと考えたのかもしれない。

　面接の場に現れた五十八歳のミチコさんは酒樽のように太っていた。厚化粧をして黒のワンピースを着ている。自分のことばかりペラペラと喋《しゃべ》る。イギリスのＢＢＣでニュースキャスターをしていたとか、総合プロデューサーとしての最初の作品がアカデミー賞の長編ドキュメンタリー部門の候補になったとか、『ボウリング・フォー・コロンバイン』で有名な監督マイケル・ムーアは自分の助手だったとかだ。

「私に対して、できませんは禁句ですからね」と彼女はいった。

〈面接って私のことをきくんじゃないの？〉

　結局、ミチコさんが由貴さんにした質問はたったひとつだった。

「で、給料はどのくらい欲しいの？」

〈採用なんだ！〉

　彼女は、ミチコさんの中の半分の日本人を信用して、「最初は低くてもかまいません」と遠慮ぎみに答えた。あとで失敗だったと気づくのだけれど。

面接が終わり部屋を出ようとすると、

「あなた住むところはあるの？」とミチコさんがきく。

「まだ決まってないんです」

「じゃ、私の家に泊まればいいんじゃない。娘の部屋が空いてるから」

「ありがとうございます」

〈いい人だな〉と思った。

由貴さんにとって初めての会社勤めだ。電話番から飛行機の予約、企画書の日本語への翻訳、撮影現場の雑用、編集の助手……、なんでもやった。最初の給料日はうれしかった。が、きいてた額よりずっと少ない。黙っていようかと思ったが、一応、経理の人にたずねた。こういわれた。

「家賃が引かれてます」

ミチコさんはほとんどの時間、外国にいる。イギリス、アメリカ、日本、ニュージーランドをぐるぐる回る。営業や打ち合わせや撮影の仕事でだ。ウェリントンに戻ってくるときくと、由貴さんはアイスコーヒーとダイエットコークの缶で事務所の冷蔵庫を満たす。飲み物がないとミチコさんが不機嫌になるからだ。

事務所は倉庫を改造した二階建てで、一階は会議室とビデオ試写室、二階が事務室になっていて、社員八人がパソコンに向かっている。そこに社長の机もある。しかし、いつの頃からかミチコさんは二階に上がってこなくなった。体が重くて階段を上がるのがつらいのだろうと社員たちは噂《うわさ》している。

昼近くになってから、ミチコさんは出社する。会議室のテーブルについて、ノートパソコンを開く。

「お飲物は何にしますか？」由貴さんがきく。

「コーラ」ミチコさんがバッグから資料を出しながらいう。

「かしこまりました」由貴さんは冷蔵庫からコーラの缶を出し、グラスといっしょに持っていく。

ミチコさんがパソコンに向かって仕事を始める。会社のほとんどの企画書を彼女が書いている。書いていてわからないことがあると、すぐに知り合いに電話をする。電話の声は大きく、事務所内に響く。

「ユキ、ちょっときて」ミチコさんがいう。

二階で仕事をしていた由貴さんが階段を降りて、会議室に入る。

「ＴＢＳの前田さんの電話番号教えて」

由貴さんは自分の携帯電話を見て答える。

〈この前、東京で打ち合わせをしたときに名刺をもらったばかりじゃない。何でも無くすんだから〉

「ユキ、ちょっと」ミチコさんの声がする。

由貴さんはミチコさんのそばに行く。

「マリカが田舎に帰っちゃったから、私が出張してる間に部屋を掃除しといて」ミチコさんがカードキーを机の上に置く。

「わかりました」彼女はカードキーを受け取る。

家賃を引かれると知って、由貴さんは家を出ていた。マリカさんはミチコさんの家のメイドの名前だ。翌日、家に行った。部屋の中はメチャクチャになっていた。由貴さんは衣類を片付けることから始めた。

〈新入社員だからってこんなことやらせる会社はないんじゃないの。それとも、会社ってこんなものなの？〉

また、あるとき、「ユキ、来て来て」ミチコさんの大きな声がする。

声の様子が急いでいるようなので、タンタンタンと由貴さんは階段を降りる。

「何か御用でしょうか？」

「缶開けて」ミチコさんがパソコンに入力しながらいう。

由貴さんは置いてあるコーラの缶のプルリングをプシュッと開ける。

「どうぞ」由貴さんは大きな声でいった。

〈缶ぐらい自分で開けなよ。私は人間栓抜きかかっていうの〉


入社半年目から、ミチコさんが日本へ営業に行くのにつき合うようになった。

「私、ニューヨーク・タイムズに知り合いがいますので、御社の新製品についての記事を書くようにいいますよ」ミチコさんが愛嬌《あいきょう》をふりまく。

海外向けコマーシャルを作りたいと考えている家電メーカーとの打ち合わせの席でのことだ。

「メリル・ストリープに使ってもらって感想をいってもらうっていうのはどうかしら。メリルなら私お願いできます」

仕事を取ろうとしているとき、ミチコさんの口からは、相手の喜びそうな言葉が次から次に出てくる。

目鼻立ちがクッキリしていてイギリス人にしか見えないミチコさんが「私、ＢＢＣでニュースキャスターをしてたんです。母は日本人なんですよ」と日本語でいうと、多くの日本人は「ホーッ」と感心する。

彼女の決め手はマッサージだ。打ち合わせが終わり近くになると、「日本に来るといつも寄るマッサージ店があるんですよ」といってミチコさんは笑う。相手が興味を示すと、「すごく気持ちいいんです。ぜひ、いっしょに行きましょう」と誘う。夕方待ち合わせをして連れていく。高級ホテルのような豪華なマッサージ店なので、みんな驚く。その後、食事の接待もする。

こんなふうにして仕事を取る。仕事が取れてしまうと、ニューヨーク・タイムズもメリル・ストリープも彼女の頭の中からはすっかり消えている。同業者がミチコさんを評してこういっていた。「南極で氷を売れる人だ」

ミチコさんと由貴さんは、午後三時に新宿のホテルにチェック・インした。午後四時からTBSで打ち合わせだ。由貴さんは午後三時半にミチコさんの部屋に電話を入れた。

「ぼちぼち出かけましょう」由貴さんがいう。

「私、いまからちょっとシャワー浴びるから」

〈えっ〉由貴さんの心臓がドキドキする。

「遅刻しますよ」

「前田さんに電話して、渋滞で遅れますっていいなさい」

　ガチャッと電話が切れる。

〈どうしよう？〉

　勇気を奮い起こしてTBSに電話をかける。

「すみません、いま、タクシーが渋滞に巻き込まれてしまって、動かないんです」

「わかりました。大変ですね。気をつけて来て下さい」前田さんの部下がいう。

〈お祖母ちゃんに「嘘つきはドロボーの始まりだからね」といわれて育った私なのに、ミチコのせいでドロボーの始まりになっている〉


　由貴さんは四日間のダラス滞在中に、五回大統領事務所に出向き、五人の秘書と会い、二十種類の書類を作成した。別のルートから本人に連絡がとれないものかと、ジョージ・W・ブッシュ大統領図書館の司書と知り合い、食事をご馳走《ちそう》した。が、ホテルの部屋に行ってもいいかと迫られただけで、効果はなかった。ジタバタした。が、やれることはもう何もなかった。あとは返事を待つだけだ。ウェリントンに戻った。

　その間、ミチコさんから何度となく電話があった。

「取材許可ひとつ取れないの！」「許可が取れるまで戻って来るな！」「私は砂漠の中で死

にものぐるいで撮影してるのよ、それをあなたは何よ、クビよクビ」

毎時間メールをチェックしているが、大統領事務所からの連絡はない。企画書二本とシナリオ一本を翻訳しなければいけないのだが、仕事が手につかない。

午前二時、誰もいない会社で仕事をしていると、電話が鳴った。

〈また、ミチコか〉

「ヴェッカーズ・プロダクションです」かったるい声を出した。

「ジョージ・W・ブッシュ大統領事務所です」という。「正式な書類は今日送りましたが、早く知らせた方が良いかと思いまして、八月十八日十五時から二時間、大統領が取材に応じます」

「ありがとうございます」思わず由貴さんはお辞儀をした。

「やったー！」彼女はガッツポーズを決めた。さっそくタンザニアにいるミチコさんに電話をした。

「良いニュースがあります」由貴さんは声をはずませてそういい、取材許可が取れたことを伝えた。

「オーッ」とミチコさんが大きな声を出す。「その日私すっごく忙しいのよ、ちょっと、ジョージに次の週はどうかってきいてくれない」

〈何いってるの。ありえない。だいたい、友だちでもないのに、ジョージじゃないし〉

　カーッと頭に血がのぼった。

「そ、そんなことできません」

「私にできませんは禁句よ」

「失礼します」そういうと由貴さんは電話を切った。

〈くっそー、ガラガラヘビに噛まれろ、砂漠で置いてきぼりにされて干からびて苦しめ、ライオンに頭から食われて死ね。ああ、いけない、いけない、死ねなんて、なんてばかなことを。いま、彼女に死なれては困る。私がミチコに会ってひとことというまでは。「あんた、何様だと思ってるの！」って〉

　半年前に会社を辞めて、彼女は日本に帰ってきていた。

「辞めるときに捨て台詞をいったんですか」私がきく。

「ううん」由貴さんが笑う。「ミチコを前にしたらいえなかったわ」

# 定時制グラフィティ

いまここに一冊の大学ノートがある。使いこまれていて、薄緑色の表紙が薄っすらと汚れている。手書きで「トワイライト・タイムス　一九七五年三月九日〜一九七六年七月一日　藤《ふじ》田《た》英《えい》士《じ》」と書かれている。四十年以上前の日記だ。

三月二十一日　昨日は卒業式だった。まだ高校が決まってない。いやなものである。落ちたのは自分のせいだが、なぜか悔しい。

三月二十四日　昨日の夜、先生から電話があり、今回の都立高校の二次募集はたいへん厳しいという。今日、願書を出してきたが、もうすでに二十二人が出している。落ちたらどうしよう。落ちたらどうなるんだろう。こんなことだったら、はじめから工業科を受けていれば良かった。何としても入ってしまいたい。僕にも春は来るのだろうか。

♪もうすぐ春ですね
　恋をしてみませんか

　結局、藤田は都立高校の二次募集にも落ち、都立武蔵《むさし》高校の定時制に入った。彼は武蔵《むさし》小金井《こがねい》に住んでいる。高校まで二駅だ。一年間定時制で我慢して、来年、再度受験するつもりだ。

　十月十一日　いつものとおり吉田《よしだ》（吉田正三《しょうぞう》・同じクラスで全日制を目指している）と学校へ行くとテニス部が練習をしていた。ここ数日、全日制の生徒が早く帰ってしまうのでつまらなかったが、今日は良かった。麻美《あさみ》ちゃん（木村《きむら》麻美・テニス部）もいた。麻美ちゃんは話好きである。あたりは真っ暗なのに、二、三人の友だちと昇降口のところで話している。その上、よせばいいのにバスケット部の市橋《いちはし》なんかにも話しかけていた。

　定時制の授業は午後五時十五分始まりだが、藤田は四時半には学校に着き、部活で残っている全日制の生徒と話をしたり、女子生徒を眺めたりするのを楽しみにしている。

十月十四日　いつものように四時十九分の東京行きに乗り武蔵境《むさしさかい》で降り、西武多摩川《せいぶたまがわ》線のホームを見ると、なんと理絵《りえ》ちゃん（菅原《すがわら》理絵・バドミントン部）が友だちと二人で電車を待っていた。麻美ちゃんももちろん良いが、A組の理絵ちゃんも可愛い。学校へ行くと剣道部の奴らが残っていて、布施《ふせ》（布施研二《けんじ》・剣道部）なんかもいた。数学の三浦《みうら》先生（山岳部顧問）から問題集をコピーしてもらった。

武蔵境駅にはJR中央線と西武多摩川線が入っている。武蔵高校は武蔵境駅から歩いて十分のところにあり、学生たちの多くはこの駅を利用している。

十月十六日　渡り廊下のところに全日制の体育祭の写真が貼ってあった。それに理絵ちゃんが写っていた。暴力男の赤松《あかまつ》も写っていたが……。今日から三浦先生の数学の補習が始まった。

十月二十日　今日は聖蹟桜《せいせきさくら》ヶ丘《がおか》まで行った。理絵ちゃんの家を見つけるためである。商店街を抜け、川を越え、丘を上がると新興住宅街だった。麻美ちゃんの住む桜ヶ丘二丁目だ。一軒一軒探していった。見つけたときには疲れてしまった。理絵ちゃんの家を見つけたときほど感動はしなかった。なんと理絵ちゃんの家から百メートルも離れてないところに赤松のバカの家もあった。
十月二十五日　明日から来年の入試に向かって非常態勢に入る。一日のスケジュール一一：〇〇～一二：〇〇中三教科書（英語）。一三：三〇～一四：三〇英語問題集・単語。一四：三五～一五：三五数学問題集。二三：〇〇～〇：三〇数学復習。日本シリーズ第一戦　阪急―広島（3―3）、引き分け。
入試に向かって勉強しなければと思い、計画を立てる。が、そのすぐあとに、TVでプロ野球日本シリーズを見ている。
十月二十八日　一時間目が始まる直前、下を見ていたら、なんと理絵ちゃんがいたのである。僕と吉田と西城《さいじょう》（西城健《けん》・昼間は工務店に勤務）は授業どころではない。さっそく、後をつけた。僕らは別の道を全速力で走り、駅前のパチンコ屋で隠れて見た。それだけでは気がすまない。武蔵境の駅の階段口を上り、ホームに降りた。西武多摩川線の電車の前で理絵ちゃんが電車に乗らず、友だちと話をしながらこちらを見た。ビックリした。学校に戻ったら一時間目は終わっていた。
十一月三日　素晴らしい映画を観た。『真夜中のカーボーイ』だ。主演はジョン・ボイトとダスティン・ホフマン。面白かった。

十一月九日　今日は文化祭だった。良い展示になった。こんなに一生懸命やっても誰も見に来ない。これじゃ張り合いがない。全日制の武蔵祭とまではいかなくても、せめて同じ学校の全日制の生徒に見に来てほしかった。麻美ちゃんや理絵ちゃんが来てくれたら最高なのになぁ……。

♪ようこそここへ　クックックック
わたしの青い鳥

十一月十日　文化祭の代休を利用して映画を観てきた。二本立て。『明日に向って撃て！』と『フレンチ・コネクション2』。『フレンチ……』のジーン・ハックマンが良い。ただのアクションとは違う。

十一月十二日　僕と吉田が武蔵境の駅を出て、中央商店街に入りかかった。すると赤松のバカが歩いてくる。こいつは縁起が悪いと別の道に入った。すると、吉田が「麻美ちゃん」と叫んだ。僕はハッとして前を見ると、麻美ちゃんが剣道部の布施と楽しそうに話しながら歩いている。カッときて後を追うことにした。武蔵境駅に行くと、ちょうど電車が来ていた。パッと乗り、一輛《りょう》ずつ前の方へ行った。国分寺《こくぶんじ》駅に着く。改札に向かうなかに麻美ちゃんはひとりでいた。僕らは見つからないように距離を置いて後をつけた。しかし途中で見失ってしまった。彼女の家まで行ったが、もう遅かった。とぼとぼ国分寺駅まで戻っていたら、向こうから麻美ちゃんが歩いて来た。僕らはあわてて隠れた。

十一月十四日　テニス部の練習を終わった麻美ちゃんが友だちと昇降口でお喋りをしていた。剣道部の布施を待ってるのかと思っていたら、麻美ちゃんは帰り始めた。布施といっしょに帰らなければ良いのだ。図書館に行き、麻美ちゃんと理絵ちゃんのカードを見た。理絵ちゃんは一冊も借りてない。麻美ちゃんは『高校生活』『ユースホステルの旅』『二十歳の原点』の三冊を借りていた。

十一月十七日　長いこと探していたB・J・トーマスの「雨にぬれても」(『明日に向って撃て!』の挿入歌)を見つけた。武蔵境の新星堂で探したがなく、もう一つの小さなレコード屋にあった。図書館で『高校生活』を借りた。麻美ちゃんが借りてた本だ。

十一月二十日　今日は久しぶりに神保町《じんぼうちょう》まで行った。映画関係の本を買うためである。午後、吉田と武蔵境で待ち合わせる。あいつはカメラを持ってきた。「マルジュウ」(駅前の喫茶店)でコーヒーを飲み、パチンコ屋の二階で隠れてシャッターチャンスを窺《うかが》っていた。結局、麻美ちゃんも理絵ちゃんも現れなかった。学校は遅刻。

♪君とよくこの店に来たものさ
　わけもなくお茶を飲み話したよ

十一月二十三日　西城の友だちのコンサートを見に行った。吉田が麻美ちゃんに手紙を出して誘ったので、麻美ちゃんが来るかもしれないと思って行ったのだ。麻美ちゃんは来なかった。寒かったし、演奏は下手だったし、時間と金の無駄。五木寛之《いつきひろゆき》の『さらばモスクワ愚連隊』を読んで寝る。

十二月六日　今日、図書の堺《さかい》さんが休みなので図書室は開いてなかった。しかし、僕と吉田と西城は忍びこんだ。そしてやっと見つけた。全日制の写真帳である。理絵ちゃんはひとりだけボーダーのセーターを着て目立っていた。一方、麻美ちゃんはブレザー姿で地味な感じ、それも良かった。

十二月十八日　今日からテストが始まった。英語も古典も順調に進んだと思う。明日の生物がヤマである。これをどうにかしなければいけない。

十二月二十二日　夕方、学校へ行ったらスキーを担いだ連中がいっぱい学校へ向かっていた。今日から全日制のスキー教室なのだ。校門にバスが二台止まって、その周りで全日制の学生たちがガヤガヤ騒いでいる。楽しそうだ。その光景を僕と吉田と西城は教室から見ていた。

十二月二十三日　夕方五時頃、吉田から電話があり、武蔵境で待っているという。あわてて行ってみると、酔っ払ってベンチに座っている。学校へ行って、クリスマス会に出た。吉田は最初陽気だったのに、急に泣き出した。僕はビックリした。

♪青春時代のまん中は
胸にとげさすことばかり

十二月三十日　見田《みた》先生（非常勤講師）が僕と吉田のために入試の補習をしてくれるというので国分寺へ行った。来年は頑張るぞ！

十二月三十一日　大掃除。午後、姉が来る。夜、テレビで「コント55号のなんてことするの⁉」を見た。その後、例年通り、小金井《こがねい》神社のアルバイト。

一月七日　明日から学校だ。高校について考える。今度の入試で運良く全日制に入れたとしても、はたして幸せだろうか？　定時制にいても大学に行けないこともないし、定時制にいた方が真の価値観を養うことができるのではないだろうか。

一月十二日　昼過ぎ中学に行って、都立高校の入学願書をもらってきた。午後からは新宿へ行った。武蔵野館《むさしの》で『卒業』の特別鑑賞券を買った。紀伊國屋《きのくに》で五木寛之『青年は荒野をめざす』を買った。

一月十三日　テストが返ってきた。英語九十六点、古典八十二点、六十点くらいと予想していたのでまあいい方だ。生物は三十三点。

一月十七日　一時に国分寺の「ほんやら洞」へ行った。見田先生の補習を受けるためだ。

一月二十日　『卒業』（ダスティン・ホフマン、キャサリン・ロス）をわくわくしながら観に行った。男も女もバカだと思った。

二月六日　八王子《はちおうじ》の南多摩《みなみたま》高校へ願書を出してきた。試験会場も同じところだ。学校に行き、理絵ちゃんを見た。屋上からそっと覗くように見た。黒のスーツ、白いソックス、グリーンのバッグ、バドミントンのラケット。こんなに可愛らしい女の子がいるだろうか？　涙が出てくる。入試に勝って、理絵ちゃんとつき合いたい。

二月十日　四時半に武蔵境で吉田と待ち合わせをした。今日こそ、理絵ちゃんを家までつけていくのだ。西城も来た。火曜日はバドミントン部が練習をやっているはずだ。六時まで待っていたが、来なかった。入試まであと半月、こんなことしてていいのだろうか？

二月十七日　入試まであと十日。輪島功一《わじまこういち》が勝った。十五回ＫＯ！

二月二十七日　今日は都立高校の入試の日である。一時間目国語、漢字が昨年より難しかった。二時間目数学、最高に困った教科だ。三時間目英語、これは案外できた気がする。結果はどうなるか。

三月六日　合格者の発表を見に八王子まで行った。今年も僕の受験番号はなかった。吉田も同じだった。気が抜けて、そのまま武蔵境に行った。吉田といっしょに、「マルジュウ」へ行ってコーヒーを飲み、ぼーっと窓から下を見ていた。全日制の女子たちが歩いてきた。そうだ！　武蔵高には麻美ちゃんや理絵ちゃんがいるじゃないか。

♪あなたがいれば　あゝ　あなたがいれば
　陽はまた昇る　この東京砂漠

日記から四十一年が経った。

見田先生は副校長となり定年退職した。三浦先生は数年前に亡くなった。西城は仕事を転々とし、何年か前に見田先生のところに金を借りに来たという。吉田は俳優となり、沢田研二主演の映画『太陽を盗んだ男』に刑事役のひとりとして出演した。が、その後行方がわからない。木村麻美は青山学院大学に進学したところまではわかっているが、その後はわからない。菅原理絵についても不明。日記を書いた藤田英士は横浜放送映画専門学院（現在の日本映画大学）に入り、ピンク映画の助監督となり、山本晋也《やまもとしんや》監督や高橋伴明《たかはしばんめい》監督についた。が、生活できず書店員となった。長い間都内の書店で働き、その後盛岡《もりおか》の書店へ行き、そこでアルコール依存症となり、東京に戻って来た。五十七歳になった現在、週五日の掃除のアルバイトをしている。結婚はしていない。

都立武蔵高校は二〇一〇年に定時制を閉じた。

♪青春の後ろ姿を
　人はみな忘れてしまう

（挿入歌　キャンディーズ「春一番」作詞 穂口雄右／桜田淳子「わたしの青い鳥」作詞 阿久悠／ガロ「学生街の喫茶店」作詞 山上路夫／森田公一とトップギャラン「青春時代」作詞 阿久悠／内山田洋とクール・ファイブ「東京砂漠」作詞 吉田旺／荒井由実「あの日にかえりたい」作詞 荒井由実）

# 恋し川さんの川柳

浅野幹男《あさのみきお》さん（六十一歳）は毎朝四時に起きる。目覚まし時計はあるが、習慣で四時少し前には目が覚める。起き上がるとカーテンを引き、窓を開ける。外は薄暗い。布団を畳んで押入れにしまう。歯を磨き、顔を洗う。炊飯器の釜に三合の米を入れて洗い、セットしてスイッチを入れる。インスタントコーヒーの瓶からスプーン一杯分をマグカップに入れ、ポットからお湯を注ぐ。浅野さんにとってこの濃さがちょうど良いのだという。彼は、風呂なし二間のアパートでひとり暮らしをしている。

三十分ほどすると外が明るくなってくる。チュンチュンと雀《すずめ》の鳴き声がきこえる。ご飯の炊ける香りが部屋に満ちる。新聞配達のバイクの音がする。

部屋を出て、郵便受けから新聞を取って部屋に戻る。すぐに新聞を開き、三面の下、「仲畑《なかはた》流万能川柳」の欄を見る。コピーライターの仲畑貴志《たかし》さんが毎日十八句を選んで載せている。浅野さんは、ほぼ毎日のように投句している。月に五、六回は載る常連だ。柳名は「恋し川」。この日も恋し川さんの句が載っていた。

**かくれんぼかくれる場所に子の育ち**

「確かに、小学生くらいになるとわかりにくいところに隠れるようになりますよね」私が感心する。

「見たまんまを詠んだだけです」彼は照れて俯《うつむ》く。

六時、新聞をひととおり読み終わると、浅野さんは冷蔵庫から納豆と切り干し大根の煮たものをテーブルに出す。ご飯を茶碗《ちゃわん》によそう。お椀にビニールに入った一杯分の味噌《みそ》を絞り出し、お湯を注ぎ、葱《ねぎ》を刻んで入れる。

「インスタントみそ汁なんだけど、葱とか豆腐、何かひとつ加えるんです」彼がいう。

朝食後、二段になった弁当箱の上に昨夜の残りのおかずを、下にご飯を詰めてから、食器を洗う。

ファンシーケースのジッパーを開け、ワイシャツと黒いズボンを出して着替える。

七時、紺のリュックサックを背負いアパートを出る。職場まで歩いて行く。東に向かって坂を下ると、正面から太陽が照りつけてくる。彼はポケットからハンカチを取り出し、額の汗をぬぐう。どこかからテレビのニュースの音が流れてくる。犬を散歩させている女性同士が立ち話をしている。浅野さんはリュックからメモ帳を取り出し、思いつきを書く。

**片脚を上げる角度にポチの老い**

浅野さんは千葉県の大多喜町《おおたきまち》で、五人兄弟の末っ子として生まれ育った。両親と兄弟二人はもういない。

高校を卒業すると大手印刷会社に就職し、市ヶ谷《いちがや》にある工場に配属となった。フォークリフトで印刷物を各部署に運ぶ仕事だ。

「高校生の頃、自分はこんな仕事がしたいといったものがありましたか」私がきく。

「なかったです」浅野さんは言葉数が少ない。話をしている間じゅう、俯きかげんで、長い睫《まつげ》だけが微妙に揺れている。面白い川柳を作るからといって、面白い人とは限らないらしい。

印刷会社の仕事は重労働だった。が、若かったので休日になれば遊んだ。釣り、登山、競馬、読書、寄席、写真撮影、切手蒐集《しゅうしゅう》、いろんな趣味に没頭した。いまでも続いているのは読書で、時代小説が大好きだという。

千葉から出てきたときは板橋《いたばし》に住んでいたのだが、小石川《こいしかわ》という地名に憧れ、三十歳のときに引っ越した。以後、三十年近く、アパートの建て替えや大家さんの死などで四回引っ越しているが、小石川の外に出たことはない。

同じ職場に川柳を投句している人がいて、新聞に載ると浅野さんに自慢げに見せた。〈これなら自分でも作れるかもしれない〉と思い、ためしに書いて投句した。四十四歳のときだ。すると、載った。載っただけでなく、秀逸句とされ、さらに月間賞まで取った。

## 国会で寝るなじぶんの家で寝ろ

「載ったときはびっくりしましたね」浅野さんがフフフと小さく笑う。

これに気を良くした彼は次々に投句する。

四年後には、「仲畑流万能川柳クラブ」の会報で特集され、選者の仲畑さんと対談もした。以後、浅野さんの中で、投句は仲畑さんとの対話のような感じになっていく。

「一枚の葉書に五句書くんですけど」浅野さんは川柳の話になると急に言葉数が増える。

「一応、自分なりに◎○△をつけてるんです。仲畑さん、もしかして、悪い方から選んでんじゃないか、そんな感じのするときがありますね、で、たまに◎の句が選ばれると、見る目があるなーって、評価がコロッて変わっちゃう」

七時二十分、浅野さんは片側四車線の白山通りの交差点を渡る。右手に東京ドームの観覧車が見える。

**大観衆同時じゃ怖いドームの屁《へ》**

目の前に彼が勤めている量販店のビルが建っている。

五十歳のときに、印刷会社を辞めた。印刷不況で地方に移転することとなり、浅野さんとしては小石川を離れたくなかったからだ。

「たまたまここを通りかかったら社員募集の貼紙が出てたんです」

勤務時間は午前八時から午後四時まで、正社員として働きはじめて十年以上になる。店のガラス面に「物置、文具、ＤＩＹ、雑貨、化粧品、衣料品、家電……」などと扱っている商品が書いてある。食品以外ならなんでもある。

ミナ・リッチなどとおちゃめな中国製

ドアに「営業時間のご案内、十時から二十一時まで」と書いてある。浅野さんは横の入口から入り、自分のロッカーにリュックをしまう。彼の仕事は商品の受け入れ窓口の事務だ。掃除機をかけ、机を拭く。

八時になると、本社からのトラックが着き、ガムテープから化粧品までの様々な物の入った段ボール箱が運びこまれる。浅野さんは伝票を受け取り、段ボールの中身と照合し、判を押しトラック運転手に渡す。経理に回す伝票をファイルに綴《と》じる。

段ボールを各フロアー担当者にわかるように置き直していると、宅配便業者が履物が入っている箱を抱えてやってくる。伝票と中身を照合する。と、別の配達の人が「おっす」と来る。浅野さんはひとりで対応し処理していく。

九時になり、店の方では朝礼が始まっているが、彼は配達業者の対応に追われていて参加できない。あっという間に昼になる。

「のんびり昼もとれない日があります」彼がいう。「前は二人いたからどっちかがひとりいて、食事がとれたんですけど、いまはひとりですから」

「どうしてひとりになったんですか」

「人減らしです」

「大変ですね」

「いやー、きついです」めずらしく浅野さんの声が大きくなる。

日曜日と火曜日が休みだが、仕事を考えて体力を使わないようにしているという。浅野さんは体が小さくやせている。頭髪も薄い。

**死んだ気でやれば死ぬかも知れぬ齢**

午後四時、書類を整理すると、ひとりで店を出る。朝来た道を歩いて帰る。銀杏《いちょう》並木の千川《せんかわ》通りを歩く。

「柳名が恋し川ですけど」私がいう。「今まで経験した恋愛について教えて下さい」

「どうだろう……」浅野さんは歩きながらしばらく考える。「向こうは好いてたのに、こっちは気づかなかったかもしれないですね」

「思い出しますか」

「うん、……かなと」

「思い出すのは、どんな場面？」

「うーん……」浅野さんは俯いている。しばらく経っても次の言葉は出てこない。

左に曲がり、住宅街の中に入る。自転車に乗った女性が脇を通り過ぎる。マンションの上の方からパンパンパンという音が響く。ベランダで女性が干した布団を叩いている。

**シャラポアが布団叩きに来ないかな**

四時半、アパートに着く。郵便受けを覗く。チラシばかりだ。浅野さんは投句仲間からの葉書を楽しみにしている。

「恋し川さんって、粋なお名前だと思ってましたが、小石川に住んでるからなんですね」とか、「恋さん、今回は落語の考えオチでしょう」などと書いてきてくれる。

部屋に入ると電気をつけ、ジャージの上下に着替え、床に横になって体を休める。

三十分ほどして立ちあがると、台所で水を飲み、テーブルについて図書館で借りてきた文庫本、諸田玲子《もろたれいこ》の『あくじゃれ─瓢六捕物帖《ひょうろくとりものちょう》』を読みはじめる。

五時半、冷蔵庫から「アスパラのおひたし」と「かれいの煮つけ」を出し、かれいをレンジに入れ温める。

ゆっくりと時間をかけて食事をする。

「近所に百歳の人がいましてね」浅野さんがいう。「とにかく、ゆっくり百回嚙むんだって」

窓の外から下校する小学生たちの大きな声がする。

「結婚したいなとか子どもが欲しいなとか思ったことありますか」私がきく。

「それはありますね」浅野さんが小さな声でいう。

「いまも？」

「はい」

「いま、おつき合いしている方は？」

「いません」

「何か努力してますか」

「してます」

「婚活とかですか」

「そこまでは……うーん、結婚したいと思ってるだけですかね」

「ひとりで寂しいですか」

「べつにそれは感じないですね」

## 肉じゃがの腕が上がってまだ独り

六時半、食事が終わると食器を洗い、下着と風呂道具を紫色のリュックサックに入れ、家を出る。上空はまだ青空だ。銭湯はアパートから五分のところにあるが、一時間ほど散歩をしてから行く。

住宅街の坂道を上る。浅野さんは前かがみになりペンギンの羽のように両手を後ろにのばして歩く。坂はゆっくりと曲がっていて、寺があり、門の横に紙が貼りだされていて筆文字で言葉が書かれている。

「人間はひとりぼっちではない」

坂を上りきったところを左へ行く。背中から西日が照りつける。彼は自分の長い影を追うように歩く。真新しい傳通院《でんづういん》の門の前を通る。外国人が大きなキャリーバッグを押して歩いている。

## 外人はなぜサンキューがなまるのか

下り坂になる。樹齢四百年のムクノキが通りにはみ出すように立ち、囲いがあり、由来が書かれた看板が立っている。両手にレジ袋を持った女性がゆっくりと上ってくる。

坂を下ると商店街になる。左手にスーパーマーケットがあり、浅野さんは入り、カゴを手にしてエスカレーターに乗る。二階に惣菜《そうざい》売り場がある。「あさり入りひじき」「肉じゃが」「ピリからレンコンきんぴら」をカゴに入れる。一階に降りる。レジに並んでいる五人の後ろにつく。

**顔だけで選んだレジに後悔す**

浅野さんはおかずの入ったレジ袋をリュックにしまう。千川通りを歩く。横断歩道を渡り細い道に入る。

三階建てのマンションの前に自転車が九台並んでいる。一階にのれんがかかっていて「ゆ」と書かれている。白山浴場、マンションの一階にある銭湯だ。のれんをくぐると下足場と受付がある。浅野さんは「こんばんは」といい、回数券を渡す。「男」と書かれた戸を開ける。脱衣所のロッカーに服を入れ、浴室に入ると、老人ばかり六人が体を洗い、ひとりが浴槽に浸かっている。浅野さんは浴槽に入り、体を洗い、髭《ひげ》を剃《そ》り、十五分くらいで浴室を出る。

体を拭いていると、「こんばんは」と客がいう。いつも会う人なのだろう、「今日はぬるいよ」と浅野さんがいう。ロッカーを開け、パンツをはく。椅子に座り、置いてあるスポーツ新聞を見る。

脱衣所のガラスに新聞の切り抜きが貼ってある。「仲畑流万能川柳」だ。恋し川さんの句が載っている日のものばかり六枚。

浅野さんのいないところで、店主に話をきいた。

「お客さんだから応援してんのよ」店主がいう。

「恋し川さんは喜んでるでしょう?」私がきく。

「うーん?……と思うけどね」

おそらく、浅野さんは照れてハッキリと喜びの気持ちを伝えていないのだろう。

銭湯を出ると、日は沈んでいて、上空の雲が赤く染まっている。

小石川植物園の脇の道を歩く。左手に画廊があり、その前だけ昼間のように明るい。右手の植物園は木々が鬱蒼《うっそう》として暗く沈んでいる。

七時半。アパートに戻る。部屋に入ると、物干しハンガーにタオルを吊るす。レジ袋から惣菜を出して冷蔵庫に入れる。テーブルについてリュックからメモ帳を取り出し、大学ノートに書き写す。小さな本棚に置いてある箱から葉書を取り出し、五句、鉛筆で書く。

「川柳を作る楽しみは何ですか」私がきく。

「人の鼻を明かしたとき」彼がふふふと笑う。「『あー、思いつかなかったよー』なんていわれると嬉しいですよね」

いままで新聞に載った浅野さんの句は七百句以上にもなる。

釣竿《つりざお》やカメラは捨てた。部屋にはテレビがない。ラジオもない。おまけに、日曜日に遊ぶ友だちもいない。が、彼には川柳がある。

**俺なんか貧乏人の句だくさん**

# 父親と息子たち

午前七時。ティリティリティリ、ティリティリティリ……、居間の床に置かれたスマートフォンが鳴る。六畳の部屋の布団の上で「うー」と声をあげて、手足を伸ばしてから父親の柳本《やなぎもと》ダイ（大）さん（四十四歳）が起き上がる。黒のパンツに赤いTシャツ姿だ。隣の布団に座ってアイパッドでゲームをしている小学校五年生のダイキ（大輝）をまたぎ、居間に出て、スマートフォンの音を止め、充電用のコードを抜く。隣の部屋のふすまを開け、「おーっ」と声をかける。同じ六畳があり、二つの布団に中学校三年生のヒロト（大翔）と高校一年生のヤマト（大和）が寝ている。ヒロトは目をこすって起き出すが、ヤマトはタオルケットを抱えたまま寝ている。

これが現在いっしょに暮らしている柳本家の四人の家族だ。以前は長男リク（陸）もいたが、五年前に就職して出て行った。

柳本さんは小学生の頃、母親に虐待されて育った。

「もうすごかった」彼がいう。「両手両足をストッキングで縛られて口の中に靴下つっこまれて、馬乗りになってバッカバッカ殴られた」

中学生になると虐待は止み、両親は離婚する。父親と暮らすようになった柳本さんは解放され、外で遊ぶようになる。中学校を卒業しても高校へは行かず、暴走族となる。十代の後半から、テキヤやトビや倉庫整理など様々な仕事を転々とした結果、自分は職人に向いていると考え、塗装会社に就職した。一方、暴走族とのつき合いは続いていて、強盗傷害致死事件を起こし逮捕され、刑務所に入る。そこで、高校の通信教育を受け卒業する。出所後、再び塗装会社で働き、美容師の女性と結婚する。女性には小学生の息子リクがいた。その後、次々に子どもが生まれる。彼は独立し、施主や工務店などから直接仕事を受けるようになる。収入が増えた。

「工期があるからね」と彼はいう。「ひとりでやってる分、全部自分の責任だから、必死にやらなきゃならないんです」

結婚して十年後、夫婦関係が冷えていった。妻に男の影がちらほらした。気力がなく、不健康な生活をしている顔色だ。柳本さんは、子どもに悪影響を与えてはいけないと考え、離婚を決意する。結婚してから十四年目のことだ。

その後、彼は、子どもたちから、母親が彼らを叩いたり、怒鳴ったりしていたのだときかされた。

「自分の経験があるから」彼が顔をしかめる。「許せないんです。俺の前で見せる顔と子どもたちの前で見せる顔がまったく違ってたみたい」

「子どもたちはお母さんに帰ってきてほしいとはいいませんか」私がきく。

「いわない。もう帰ってこないってわかってると思う。俺、『これからみんなで頑張って生きていこうね』っていったんで」

午前七時三十分。父親は仕事着に着替える。洗いざらしだが、ペンキが点々と付いた裾の広いズボンとベストを着る。ちゃぶ台の上にはおにぎりが二個ラップに包まれて置いてある。

隣のおばさんが毎朝六時に持ってきてくれるのだ。この都営住宅でダイキが生まれたときから、隣の六十代の夫婦はダイキを自分たちの子どものように可愛がってくれている。

そのおにぎりをヒロトとダイキが頬張る。

「早くしろ」父親がいう。

「パパ、オレ着替えチョー早いから大丈夫」ダイキはおにぎりを食べ終わると、棚の上のプラスチックの籠の中から紙を取り出し、父親の前に置く。父親は歯ブラシをくわえたまま、手で書くものをよこせという仕種をする。ダイキがボールペンを父親の前に置き、脇の下に挟んでいた体温計を見せ、「三十六度」という。父親が数字を記入する。毎朝、体温を測って学校に持っていくらしい。

ダイキはTシャツとパンツのまま隣の家へ行く。隣に着替えとカバンを置いているのだ。

「よし、行こう」父親がいう。

ヒロトも立ち上がる。

玄関先に立ち、「ゴミの日だからなー」と奥に向かって叫ぶ。

団地の階段を下りながら、父親はヒロトの肩を抱いている。まるで友だち同士のようだ。団地の出口、通りに面した鉄柵に二人は腰掛ける。そこにバンがやって来る。「じゃね、パパ」と手を振ってヒロトが離れる。父親はバンの助手席に乗り込む。

起き出したばかりのヤマトがゴミ袋を二つ手にして階段を下りてくる。

「ゴミ当番なの？」私がきく。

「いや、自分、定時制なんで、時間があるから」

ヤマトは夕方から定時制高校に通い、昼間は週三日、コンビニエンスストアでアルバイトをしている。

午後四時。ヤマトは台所の棚の上にアイパッドを置き、ゲームの実況映像を映し出す。ゲーム音と攻略の解説音声が流れる。それを半分見ながら皿を洗う。流しには皿や鍋が山のようになっている。スポンジに洗剤をたっぷり含ませてゆっくり洗う。三十分くらいかけて洗い終わると、炊飯器の釜を取り出し、米四合を洗い、セットする。ベランダに出て、干してある洗濯物をとりこみ、六畳の部屋の隅の椅子の上にどさっと置く。乾いた衣類が一メートルくらいの高さになっている。

学校から帰ってきたヒロトが着替える。衣類の山からブルーの半ズボンと黒のTシャツを取り出して着る。

「おい、それオレのだろう」ヤマトがいう。

「なんかでかいと思った」ヒロトがTシャツを脱ぐ。

ダイキがチョコレートとせんべいを持って帰って来る。「おばちゃんがどうぞって」とちゃぶ台に置く。彼は隣に寄り、おやつをもらってきたのだ。ダイキは立ったまませんべいを食べる。かけらがボロボロと落ちる。彼は「コロコロ」（粘着性のゴミ取り）を取り出し、カーペットの上を転がす。

「いま何時？」ヤマトがきく。

「四時五十分」ダイキが大きな声で答える。

ヤマトは風呂に入りシャワーを浴びる。ドライヤーで髪を乾かす。ジーンズをはき、黒のTシャツを着て、黒のリュックを背負う。

「待って、オレもサッカー行かなきゃ」ダイキがいい、ヤマトと二人で家を出る。

午後六時。父親が帰ってくる。二リットルの水のペットボトルと缶コーヒーを手にしている。

「お帰りなさい」ヒロトがいう。

「暑かったー」父親は日に焼けて赤い顔をしている。スマートフォンをちゃぶ台に置く。

「ヤマトとダイキはもう行った？」

「うん」

父親は作業着を脱ぎ、Tシャツを着る。「よいっしょ」といい、座椅子に座り、タバコに火をつける。「マジ疲れた」

横でヒロトがテレビ画面で対戦ゲームをしている。

「テストどうだった？」父親がきく。

「数学は書けたところが全部あってたら六十九点」ヒロトがいう。

「書けなかったところって？」

「平方根の式の証明があって、そこがまったくわからなくて書けなかった」

「塾が休みだからって、遊んでねーで、その証明勉強しろよ」

「もうテスト終わってるから」

「何いってんの、テスト終わったからって、勉強終わりじゃないから」

ヒロトはゲームを続けている。

父親は洗濯機に衣類を入れ、スイッチを押す。風呂に入る。

しばらくして、「暑ーっ」といいながら父親が出てくる。手に洗濯物の籠を持っている。ベランダに出て、洗濯物を干す。

「ヒロトー、バラ肉買ってきて」と部屋の中に声をかける。

「何グラム？」

「三百ぐらい」

「風呂の中で、今晩のおかずを考えたんですか」私がきく。

「うん。毎日考えてます。嫌だけど」彼が笑う。

父親は台所に立つ。冷蔵庫から野菜を取り出す。鍋を洗い、水をはって火にかける。小松菜を洗ってザクザクと切り、鍋に入れる。

「買ってきた」ヒロトがレジ袋を台所の棚に置き、「何かしたーい」という。

「肉炒《いた》めて」父親が大きな鍋を出し、サラダオイルを入れ、火をつける。バラ肉を切り、鍋に入れ、ヒロトに菜箸を渡す。

「あっちー」ヒロトの手に油が飛んだ。

父親が木のヘラを渡す。

「こっち使え、焦がすなよ」

午後九時。美味しそうな香りが漂っている。ちゃぶ台の上には、大ぶりの鉢に盛られた肉じゃがと野菜サラダの大皿がある。二人の前に小松菜の味噌汁とご飯。

「いただきます」父親とヒロトがいう。

ダイキが濡れた頭で帰ってくる。サッカーの練習から帰り、隣で風呂に入ってきたのだ。自分でご飯と味噌汁をよそい、ちゃぶ台の前に座る。

「ユータのパパやる気モードだったか」父親がきく。

「ユータのパパ？」ダイキがいう。

「ユータのパパがコーチだろう？」

「うん、そうだけど、今日はスミタさんが来てた」

ドンと玄関で音がする。

「いまからちょっと」ヤマトの声がする。定時制から帰ってきて、玄関にリュックを置いたのだ。

「十一時が門限だからな」父親がいう。

「わかった」

ヤマトは中学時代、ひきこもりがちだった。定時制に入り、アルバイトをし、友だちもでき、外に出るようになったので、父親は夜遊びぐらい良いと思っている。

「ごちそうさま」ヒロトが手を合わせていい、自分の茶碗を持って流しに置く。

ダイキが手を伸ばして肉を取る。

「茶碗を持ってこい茶碗を」父親がいう。

ダイキは茶碗を近づける。

「ごちそうさま」父親も手を合わせ、食器を流しに置く。

ダイキは立ち上がると食器入れからレンゲを持ってくる。座りながら、レンゲで父親の腕を叩く。父親は無視して、スマートフォンを見ている。ダイキはレンゲで肉じゃがの汁をすくいご飯にかけて食べる。

「ごちそうさまでした」ダイキは茶碗を下げると新聞紙を持ってきて、ちゃぶ台のおかずの上にかける。

「子どもたち良くやってくれてますね」私がいう。

「俺、厳しいから」彼が笑う。

「長男のリクくんにも厳しくしたんですか」

「うん。結婚したとき、リクは小学校一年生だったけど、俺にとっては一番最初の子どもだからね。ただ、行儀が、俺の思ってるのとは違ってたんで、飯の食い方から、人と話す話し方まで、かなり厳しくしたんです。そういうのって社会出てからけっこう見られるじゃないですか。だから、本人のためにと思ってね。だけど、それでリクとの間に溝ができた。リクは本当の親じゃないから厳しくされてると思ってたのかもしれない。そのあと弟たちが続々と生まれて、同じように厳しくしてたから、自分だけに厳しいんじゃないってわかってくれたと思うけど」

リクは高校三年生のときに電子機器の製造会社でアルバイトをした。運転免許さえ持っていれば、正社員に採用してくれるというので、柳本さんはリクを教習所に通わせた。卒業後、就職し、同時に家を出た。今年、彼女を連れてやってきた。結婚するという。相手の女性はケーキ屋の店員だ。

「向こうの親と会ったんですか」私がきく。

「うん、居酒屋で」

「向こうはご両親？」

「そうです。俺、リクとは血がつながってないし、向こうの親と会うの、俺でいいのかなってきいたんです」

「リクくんに？」

「うん、そしたらアイツ」柳本さんは右手であごをさわる。「『オレの親はあんただから』って……、俺、言葉が出なかった、うれしくってだけど」


午後十時。「ダイキ、もうそろそろ寝ろよ」父親がいう。

「うん」ダイキはカーペットの上でゴロゴロしている。と、父親の足に抱きつく。父親が両足でダイキを挟む。「うー、苦しい」ダイキがいう。「どうだ、まいったか」「この足ー」ダイキが父親の太腿《ふともも》を叩く。父親が足でダイキを持ち上げる。「どうだ、どうだ」「痛ーい」ダイキはキャッキャッと喜ぶ。

午後十時三十分。ダイキは寝た。ヒロトは布団に横になって漢字のドリルをしている。

ヤマトはまだ帰ってきてない。父親は座椅子に座り、スマートフォンを操作している。顔を上げると、私を見てニコッと笑う。

「いまから三十分くらいがやっと、自分の時間です」

# 炊き出し

月曜日、山谷《さんや》、玉姫《たまひめ》公園。

午後一時半に着くと、列の最後が公園の外に出ていた。公園の中は木々が生い繁って日陰になっているが、公園の外は太陽が真上から照りつけている。そこに人々はじっと立っている。私も並ぶ。

「三百ってとこか」私のうしろの野球帽をかぶっている人がいう。

「そんなにいますか?」私がきく。

「この前、公園をぐるっと回って四百人だったから、そんなもんだろう」

公園の中からカンカンカンと音がする。お祈りの拍子木だ。ここの炊き出しは天理《てんり》教が主催している。

「あれが終わらないと配り始めないんだ」野球帽がいう。

「早く終わればいいのに」野球帽のうしろの人がいう。

「ただで食わせてもらってるんだそのくらい我慢しな」私の前にいるおじいさんがいう。黒のズボンにVネックの半袖の下着、足にはビーチサンダルをつっかけている。顔も腕も足の甲も日焼けと垢で真っ黒だ。少しして、おじいさんがしゃがみ込む。

「大丈夫ですか」私がきく。

「血圧が高いんだ。冬より夏の方がましなんだけどさ」おじいさんがいう。

　私もしゃがむ。

「失礼ですがおいくつですか」

「七十八、もう寿命だよ」おじいさんがニッと笑う。前歯が一本もない。

「お仕事は何をなさってたんですか」

「観光バスの運転手。五十五のときに結核になって入院して、そのときに、免許書き換えを忘れたんだ、バカだよな」

「今、生活費はどうなさってるんですか」

「年金だよ。わずかだけど生活保護には変えないよ」

おじいさんは中野《なかの》の都民住宅に住んでいる。家賃は一万二千円だという。

「中野からここまで遠いでしょう」

「バスで来た、都営バスはタダだから」おじいさんはズボンのポケットから高齢者用無料パスを出して見せてくれた。そこに「木島良平《きじまりょうへい》」と書いてある。

「このへんにいる連中はさ」木島さんが声をひそめる。「生活保護もらってる、だけど、悪い業者に取られちゃうんだ。最初、『部屋ある？ 仕事ある？ 面倒見てやるよ』って声かけられて、生活保護を申請してもらうんだ。自分じゃできないからさ、で、上前をはねられちゃうの。昔も今も変わらないよ。貧乏人は上前をはねられてる」

「ご結婚は？」

「してたよ、五十二のときに離婚した」

「どうしてですか」

「向こうに男がいた」

「お子さんは？」

「娘がいる。いま三十一くらいになる、横浜の方に嫁いだらしいんだ」

「奥さんや娘さんのことを思い出しますか」

「ないないない」木島さんは強く手を左右に振る。

列が前に進みはじめる。前の方から発泡スチロールのどんぶりを手にした人がやってくる。

「あ、うまそうだな」野球帽がいう。

「ケツはこの先か」どんぶりを持った人がいう。

次々にどんぶりを手にした人がやって来て、食べながら列のうしろにつく。もう一杯もらうつもりなのだ。

二十分くらいして、テントに辿《たど》りつく。そばの入ったどんぶりを渡される。流れ作業になっていて、左に動いていくと、汁をかけてくれる人がいて、キュウリを入れてくれる人がいて、天かす、鳴門巻き、ワサビとなって、冷やしたぬきそばが出来上がる。木島さんは近くの石垣に座って食べはじめている。私も隣に座って食べる。蕎麦《そば》屋で食べる冷やしたぬきそばと同じ味がする。木島さんは前歯のない口でもぐもぐしている。七十八歳ということは敗戦の年、十歳で小学校の五年生だ。

「こんなふうに並んで食事をもらってると、戦中、戦後の食料がなかった頃を思い出すんじゃないですか」私がきく。

「戦争中は嫌だったなー」木島さんがどんぶりを下に置く。「寒いからさ、俺がポケットに手をつっこんでたら、なんだその軟弱な格好はって、先生が俺のズボンのポケットを縫っちゃったんだ」

「ええ、ひどいことするな」

「今は良いよ、ずっと自由だよ」そういうと木島さんはポケットから半分の長さのタバコを出し、口にくわえて、ライターで火をつけた。

土曜日、上野《うえの》公園。

東京都美術館の裏の通りに横三人の列ができている。ほとんどの人が座っている。ときどき、美術館の窓からこちらを不審げに見る人がいる。私の隣に座っている人は、紺色のスーツに黒の革靴を履いている。スーツはところどころ汗で白くなっていて、革靴は横に大きな穴があいている。会社に出たまま路上生活者になったような感じだ。

名前をきくと安岡《やすおか》さんという。五十九歳。商業高校を出て、経理事務一筋で働いてきた。五十歳の時に会社の「若返り策」によって退職を迫られた。寝たきりの父親を介護するのにちょうど良いと考えて辞めた。三年間介護して父親は亡くなった。再び仕事に就こうと求職活動をしたが、採用してくれるところはなかった。

「仕方がないから、派遣登録して、引っ越しとか清掃の仕事をしてる」安岡さんがいう。

仕事はあったりなかったりで、家賃が払えなくなり、アパートを追い出され、今は歌舞《かぶ》伎《き》町で路上生活をしている。

「歌舞伎町は怖くないですか」私がきく。

「ぜんぜん、若い子も年寄りもみんなごろごろしてるよ」

「今日はここまで歩いてきたんですか」

「ぶらぶら歩いて二時間ぐらい、炊き出しっていうのは、歩く、並ぶ、待つ、ですから」

彼が笑う。

「結婚は？」

「してない。したい人は何人かいたけど、話してるうちに、向こうはそんなこと考えてもいないってわかってくる。こっちは高卒だし、稼ぎも少ないし」彼が汚れたハンカチを取り出して額の汗を拭く。

「こんなに暑いのにどうしてスーツを着てるんですか」

「みんなにきかれるんだよね」彼が笑う。「新宿とか池袋《いけぶくろ》でサラリーマン対象のアンケート調査やってて、この格好だと声をかけてくれる。謝礼にクオカードとか現金とかがもらえるんだ」

「へーえ、現金だといくらくらいもらえるんですか」

「千円とか二千円、カードは金券ショップに持っていく」

「その靴、何年くらい履いてるんですか」

「何年だろう、十年ぐらいになるかな、正社員のときは見た目を気にしてたんだけど、最近はもう、どうでもいいやって」

列の前の方から立ち上がりはじめる。
「配りはじめたみたいだね」安岡さんが立ち上がる。手にビニール袋を持っている。
列が前に進む。十分くらいでテントの前に出る。セカンドハーベスト・ジャパンという
ボランティア団体が主催している。テントの中の人がバナナを一本くれる。次の人がブド
ウの実を十粒くれる。私は両手をひろげて受け取る。
「袋は？」テントの中の人がきく。
「ありません」私が答える。
さらに次の人がミニトマトを十個くれる。両手がいっぱいになったので、背負っていた
リュックサックの中に入れる。さらにジャムパンをくれ、次に発泡スチロールのどんぶり
を渡される。中にチキンライスとゆで卵があり、その上にゴーヤチャンプルーが載ってい
る。隣に移動すると、カレー味の野菜スープの入ったカップを渡される。豪華な食事だ。
歩道にしゃがんで食べはじめている安岡さんに声をかけて、奏楽堂《そうがくどう》前まで行きベンチに座
って食べる。
「この先、どうしようと考えてますか」私がきく。
「このままでしょう」安岡さんがスープを飲み干す。
「死ぬまで？」

「うん、たぶん、このまんま死ぬんだろうね」

私は二人の食器をテントまで返しに行く。戻ってくると、安岡さんが櫛《くし》で長めの髪をとかしている。

「ねえ、高校生の頃とか、夢があったでしょう?」私がきく。

「まあね」

「どんな夢でしたか」

「恥ずかしいんだけど、歌手に憧れてた」

「歌うまいんだ」

「うまいかどうかわかんないけど、歌謡曲が好き」彼が頭をかく。「今度ここの夏祭りで演歌の日があるんですよ」

「来るんですか」

「うん、楽しみなんだ」安岡さんがうれしそうに笑う。

彼と別れてから、夏祭りの会場になっている不忍池《しのばずのいけ》水上音楽堂に行ってみた。「上野納涼演歌まつり」という看板が出ている。出演者は、こまどり姉妹、扇《おうぎ》ひろ子、三船和子《みふねかずこ》など、入場料は百円。

日曜日、新宿中央公園。

山谷、上野と二カ所の炊き出しに並び、ご飯を食べた。どんぶりを受け取るとき、どこかうしろめたさを感じていた。炊き出しは生活困窮者への支援で、私はそこまでは困っていないからだ。いただいた支援をボランティアをすることでお返ししようと考えた。調べると、新宿連絡会という団体がボランティアを募集していた。

日曜日の午後六時、新宿中央公園に行くと、炊き出しを待つ人がすでに百人近く座っている。はじめてボランティアをするという人は私の他に若い女性が二人いた。

「ボランティアすることで、自分が良いことをしていると思いたい人はやめて下さい」五十歳くらいの男性がいう。リーダーの伊藤さんだ。

女性二人が顔を見合わせる。

「ここでは、はじめて参加する人にご飯を渡す役をしてもらってます。渡すときにひと声かけて下さい。『お待ちどおさま』でも『お疲れさま』でも何でも良いです。酔っぱらいもいます。女好きもいます。何かされたら声を上げて下さい。私たちが行きます。それも勉強だと思って下さい」

若い女性たちに交じって、私も一番前に立って、キムチ牛丼をひとりひとりに手渡した。「お待ちどおさまでした」とか「気をつけてお持ち下さい」などといった。ほとんどの人が無言で受け取って、公園の端の方に行って食べはじめる。そんな中で、若い男性が「いつもありがとうございます」といって受け取った。

午後八時。すべての片づけが終わる。伊藤さんが「これから夜回りに出るので良かったら参加して下さい」といった。

新宿駅周辺、中央公園、高田馬場《たかだのばば》駅周辺、戸山《とやま》公園など四つのグループに分かれて歩く。私は伊藤さんの後について新宿駅周辺を歩くことにした。地下道を歩く。昼間の暑さがこもっていて額や首筋から汗が噴き出す。柱の陰やビルの通風口の横などで寝ている人に、「体の調子はどうですか?」とか「ご飯食べてますか?」などと声をかけ、炊き出しや健康診断の案内が載っているチラシを渡す。「さっき炊き出しに行ったよ」という人もいるし、無言の人もいる。

新宿駅西口に上がる階段の横で寝てる人が「風邪薬ない?」という。

「熱があるの?」伊藤さんがきく。

「なんか寒気がして……」

伊藤さんは肩にかけたバッグの中から風邪薬の箱を出して渡す。

「なるべく水を飲むようにして」

「うん、いつもわるいね」

階段を上がり地上に出る。

「バッグの中に薬を入れて歩いてるんですか」私がきく。

「うん、風邪薬とか湿布薬とか下痢止めとか簡単なものをね」伊藤さんがいう。

駅前の通りを歩く。多くの人が行き交っている。占い師の女性が「ちょっと」と私たちに声をかける。「福祉の人？」

「いや、そうじゃないけど、どうしたんですか？」伊藤さんがいう。

「あそこの人、動けないんだよ、さっきも這《は》ってた」彼女が指さす先を見ると、小田急百貨店のドアと柱の間から足が見える。

近づくとボロボロのジーンズをはいた若者が倒れている。

「どうしたの？」伊藤さんが声をかける。

「……」若者は目をあけるが焦点が定まらない。

「メシくってないの？」

若者が小さく頷く。

伊藤さんはバッグからどんぶりの入ったビニール袋を取り出す。さっきの炊き出しの牛丼だ。

「ここじゃまずいな、警備員が来る。これ持って」といって伊藤さんが私にビニール袋を渡し、若者の脇の下に腕を入れてかつぐ。「上にあげるから」という。

私も若者の脇の下に肩を入れる。プーンと異臭がする。エレベーターのところまで連れていって乗せる。駅前の二階遊歩道に出る。エレベーターの外壁に背中をもたせるようにして若者を座らせる。牛丼を渡す。若者は箸を手にするとむさぼるように食べはじめた。

「あとでまた寄るから」そういって伊藤さんは移動する。

「一週間ぐらい何も食べてなかったんだろうな」伊藤さんがいう。


私たちは小田急ハルクの前を二階から地上へと回り、南口に向かう。

「毎週、夜回りしてるんですか」私がきく。

「うん」伊藤さんが答える。

「伊藤さんは、何年やってるんですか」

「十年くらいになるかな」

「お仕事してるんでしょう?」

「会社員を四十年やってる」

きかれたことには答えるが、あまり詮索はされたくないという感じだ。私は口を閉じて歩く。

南口の駅構内に大きな荷物を持ったワイシャツ姿の男性が寝ている。白いワイシャツが汚れて鼠《ねずみ》色になっている。

「大丈夫ですか」伊藤さんが声をかける。

「……」男性が体を起こしてこちらを見る。

「新宿連絡会というホームレスを支援している者です」

「俺はホームレスなんかじゃない」男性が小さな声でいう。

「どうもすみませんでした」伊藤さんが離れる。

南口を出て甲州《こうしゅう》街道を西に向かう。

「ホームレスじゃないっていってましたけど、どうなんでしょう」私がきく。

「九十パーセントホームレスでしょう。だけど、あの人は今、自分はホームレスじゃないって戦ってるところなんだ」

鼠色のワイシャツの男性は自尊心を守るためにもがいている。伊藤さんはそのことを認めてそっとしておくことにしたのだろう。

私は前を歩く伊藤さんの後ろ姿を見ている。帽子をとると首にかけているタオルで薄くなった頭を拭いた。

# 彼と彼女と私

国分寺駅の近くに「絵本とおはなしの店　おばあさんの知恵袋」という店がある。店主は三田村慶春《みたむらよしはる》さん（六十五歳）。彼はこの店で絵本や児童書を売るだけでなく、ここを人々が集う場として、絵本の読み聞かせや語りの講座をひらき、「NPO法人語り手たちの会」の中心として雑誌作りもしている。また、彼は中国やイギリスの昔話の翻訳もしている。

私が挨拶をすると、彼は笑顔で作りつけのベンチに座るようにといい、お茶とお菓子を出してくれた。

三田村さんは大阪で生まれた。その後、父親の仕事の都合で大津《おおつ》市や北九州《きたきゅうしゅう》市に引っ越し、大学に入って東京に出てきた。高校生の頃から大江健三郎《おおえけんざぶろう》や倉橋由美子《くらはしゆみこ》が好きだった彼は、倉橋の出身校、明治《めいじ》大学仏文科に入学した。大学時代はフランス文学と学生運動で過ごし、卒業後、その先輩たちといまの店の数軒隣に「アヴァン書房」という思想や運動関係の専門書店を開き、運営に携わった。

「最初に彼らに会ったのは一九七三年の秋です」三田村さんがいう。「コンコンと戸をたたいて学生風の男女が入ってきた。私が振り向くと、『ここらへんでジャズ喫茶をやりたいんですけど、何か良い物件とか知りませんか』というので、『ここは学生街だから夏・冬の休みになるとパタッと人が来なくなるから、そのことを考えてお探しになった方がいいでしょうね』って答えたんです。女性の方はいたずらっ子のような目をくりくりと動かして店内の本を見てました。男性が『そうですか、他をあたってみます』って、そのときは帰っていきました」

「それから?」私がいう。

「で、翌年の四月の末に二人がまたやってきて『開店することになりましたから』って、それがちょうど斜向かいなんです。店の名前は『ピーターキャット』。五月八日の開店日に招待されて、それからあとは、ほぼ毎日通ってました」

「どんな店でしたか」

「新しい雰囲気のジャズ喫茶。昔のジャズ喫茶って、何もいわずにタバコふかしてコーヒー飲んでじっときいてるだけでしたけど、彼らの店はしゃべっても平気だし、生演奏も入るし、人と人の交流を楽しむ感じでしたね」

「店のつくりはどんなふうでしたか」

三田村さんが私のノートに店の絵を描いてくれた。

店は地下にあって、階段を降りてドアを開けると、右手にカウンターがあって八人ぐらいが座り、左手に大きな楕円《だえん》形のテーブルがあってそこは十二人ぐらいが囲めるようになっている。店の奥にアップライトピアノが置いてあり、その前で演奏ができる。

「わりと大きな店ですね」

「スペースはけっこうありました。彼はカウンターの中にいて、彼女は外にいて飲み物を運んだりしてました。二人は夫婦で、学生結婚だって」

「二人だけでやってたんですか」

「いや、ジャズ好きの男の子が店員としていた。バーボンが置いてあった。当時ではめずらしかったんですよ」

「そうですよね、私はサントリーレッドを飲んで悪酔いしてましたから」

「トリスとかね。確かボトルを入れるのは安かった。だけど、一杯ごとに五百円出すの。飲むたびに五百円。イギリスのパブみたいな感じ」

「毎日通ってたってことは気に入ったんですね」

「彼と私は同い歳だし、同じ一月生まれだし、ジャズが好きだし、おまけに二人とも関西育ちだから気が合ったというかね」

「毎日どんな話をしてたんですか」

「彼は大学が演劇科でしたから、映画の話、脚本の話、それからジャズプレーヤーの話とかが中心でした」

「学生運動については？」

「彼は大学時代の話はまったくしません。どちらかというと避けてた。それを私は感じたんで、学生運動の話はしませんでした。ただ一度、『ミタちゃん、六年かかって大学卒業したなんて、なんかお笑いだよね』っていったのを覚えてます」

「こんにちは」ドアを勢いよく開けて若い女性が入ってくる。

「こんにちは」三田村さんが答える。

彼女が私たちのところに来て、テーブルの上のＩＣレコーダーを見る。

「三田村さん、インタビューされてるんだ」

「うん。冷蔵庫に麦茶が入ってるからさ、飲んで」

「わかった」女性は奥のカーペットが敷いてある部屋に靴を脱いで上がる。リュックから本を出して読みはじめる。

「三田村さんもジャズが好きだったんですね」私がきく。

「はい。ミッションスクールに通っていたので、英語の環境の中にいた。それで小学校五年生のときに、はじめて買ったレコードが、ドリス・デイの『センチメンタル・ジャーニー』、B面が『ティー・フォー・ツー』だった」

「小学校五年ですか、私はその頃、村田英雄《むらたひでお》の『王将』をきいてました」

三田村さんが笑う。

「店にはレコードがいっぱいありましたか」

「千五百枚くらいはあったかな」

「彼のコレクションですね」

「そうです。彼はレコードの裏面にあるライナーノーツを読み込んでましたからね、この演奏家のスタイルはこっちの人と組んだ方がずっと良いとか、そういうことをいってました」

「カウンターに座って、彼と話すのが楽しいんですね」

「そうですけど、彼はあんまりしゃべらないんです。自分のツボに入るとペラペラしゃべるけど、普段は無口。むしろ、彼女の方が、彼女はひとつ年上の姉さん女房で、我々を年下に見てるってわけじゃないけど、いろいろタメ口でちょっかい出したりして、それが面白いから、みんな会いにきたんじゃないかな」

「どんな雰囲気の人ですか」

「そうね、当時、アグネス・チャンみたいに髪が長かったから、みんなにアグネスチャン、アグネスチャンってからかわれてたけど、東京育ちのおきゃんなところがあって、そこが魅力的だったな」


彼らが店を開店したのと同じ年に、三田村さんは小金井《こがねい》市の職員になる。さらに、両親と妹を呼び寄せ、いまの店の場所でドイツ料理のレストランをはじめる。妹が調理し、母親が手伝った。学生や大学関係者が来るようになり、店は繁盛した。

「その年の暮れ、二人は彼の実家のある芦屋《あしや》に行くことにしてたので、いっしょに旅行しようということになった」三田村さんがいう。「十二月三十日は京都の二年坂《にねんさか》にある彼の伯母さんの家に泊まりました。元々は旅館だったそうで大きな家です。彼らは母屋に寝て、私は離れ、雪の庭の見える素敵な部屋でした」

彼が何かを思い出したようにふふふと笑う。

「翌朝起きて、ご飯食べて出かけるときに、伯母さんが冗談半分でしょうけど、彼らに『あんたらは、もうここに泊まらせてあげられません』って、で、私には『こちらの方はまた来ておくれやす。離れの部屋はあなたのためにとっときますさかいに』っていわれたんです。彼らが『どうしてなの？』ってきいたら、『あんたらは起きたら起きたなりで、布団もたたまんと浴衣《ゆかた》も脱ぎ散らかしてるけど、こちらのお人はちゃんとたたんで、きれいにしてはる』って」

「三田村さんはほめられたんですね」

「ええまあ。それで、三十一日は彼が神戸《こうべ》を案内してくれて、彼の家に泊まりました」

「帰りまーす」若い女性がリュックを背負ってドアに向かう。

「お、またな」三田村さんがいう。

女性がドアを開けて出ていく。彼がそれを見送る。

「いまの子は英文学を勉強して、卒業して就職したんだけど、うまくいかなくて辞めて、悩んでるときにここに来た。で、いっしょに児童文学の翻訳をやってみるかって、誘って、いまは、だいぶ元気になったんです」

「三田村さんは市役所の職員として働いてたんですね」

「はい。昼間は市役所、夕方からはレストランの手伝い、それから彼らの店に飲みに行く毎日でした」

「元気ですね」

「若かったからね。その頃、私は書評新聞に同人誌評を書いたり、『JAZZ』っていう雑誌に自分のジャズ体験を書いたりしてました」

「へーえ」

「二十代の頃って、雑誌に書いて名前が載るって、ちょっと誇らしいんですよ」

「わかります」

「彼女がそれを読んだんでしょうね、『三田村が書くんだから、あんたも何か書きなさい』って彼にいってました」

「店の経営の方はどうだったんでしょう」私がきく。

「悪くなかったと思いますけどね。最後の方は苦しかったのかもしれない。ときどき、レコードを売りに行ったりしてましたから」

「どうして知ってるんですか」

「彼女がいってました。『この前も売りに行ったんだ』って」

「店をたたんだのはどうしてですか」

「上の階からの水漏れが原因で、ビルのオーナーとの話し合いがこじれたらしいんです」

同じ頃、三田村さんも困難をかかえていた。職場の組合と立場が違い対立し孤立した。また、市役所、レストラン、ジャズ喫茶と毎日めぐり歩いていたため、睡眠不足になり、倒れ、医者から夜遊びを禁じられた。

「彼らの店に行けなくなったんです」三田村さんがいう。「その間に、彼らは店をたたんで千駄ヶ谷《せんだがや》の方に行った。挨拶もできずに別れました」

「じゃ、三田村さんが病気になったってことを知らないいんですか」

「知らないと思います。彼らは家主とのトラブルに消耗していたし、私もその頃は人間不信に陥っていて、お互いに別れを惜しむ余裕はなかった」

その後、三田村さんは小学校職員を経て、図書館勤務になり、子どもたちへの読み聞かせなどをするなかで、自分の道を見つけ出していった。母親が脳梗塞《のうこうそく》で倒れたのを機にレストランをいまの児童書専門店に変えた。

「学生運動のときは人から借りた言葉をね、『本日ここに結集されたあ……』とか、組合運動のときも人の作ったシナリオだったし、三十七、八になって、こんなの自分の言葉じゃないなーって思うようになった。ちょうど、その頃、小学校に勤めていて、いじめられて一日じゅう保健室にいる子どもなんかと話していくなかで、『生の言葉』を交わし合うことの大切さに気づいていったんです」

ドアの開く音がする。女の子を連れた母親が二人入ってくる。母親が子どもたちと話しながら、絵本を四冊取り出す。

「ここでご覧下さい」三田村さんがテーブルの上にお茶とお菓子を出す。

「お嬢ちゃんたち、ここにどうぞ」彼がパイプ椅子を二つ出す。

母親は子どもたちと向かい合うようにベンチに座る。

「何年生?」三田村さんがきく。

「年長」

「あたしも年長、あたしね、ご本が大好きなの」

「あたしは怖いお話が好き」

「そう、それじゃこれはどうかな」

「『うみぼうず』?」

「怖そうだね」母親がいう。

「ゆっくり見ていって下さい」そういうと三田村さんは席に戻る。

「彼が群像新人文学賞をとったのはどうして知りましたか」私がきく。

「だいぶあとになって人からきいてですね」三田村さんが答える。

「読みましたか」

「いいえ」

「彼の小説は何を読みましたか」

「何も」

「一冊も？」

「はい」

「どうしてですか」

「うーん」彼は少し考える。「私はサルトルや大江健三郎を読んで、仏文の連中とずっと、小説に何ができるのか、実生活でどれほど役に立つのかって考えてました」

「『餓えた子どもたちを前に文学は何ができるのか』ですか」

「そうそう。たぶん、私の求めているものと彼の書くものは違うような気がしてます。それと、三年近く毎日のように店に通い、彼とつき合ったから、世間でいわれている彼や彼の書く小説よりも、現実の世界で出会ったことの方が、自分にとっては、なじめるって感じなんです」

おそらく、これは彼の「生の言葉」という考えともつながっているのだろう。人と人が直接語り合うことの大切さ。

「いまや、彼の小説は世界中で読まれ、ノーベル文学賞候補にまでなってます。そのことと自分を較べてどんな感じを持ちますか」

「彼がノーベル賞をとろうが、私がこういう生活をしていようが、別にそれは、それぞれの人生だというだけのことです」

「彼とのつき合いをいま振り返って、どんなふうに感じますか」

「彼にとって店をやっていくというのは、かなり孤独な作業だったと思う。私も役所で四面楚歌《しめんそか》の状態になって孤独だった。お互い、将来にはっきりとした希望を見いだせないいま、何かに抗《あらが》ってる感じで、そんななかで、これからの人生を歩み出そうとしていたんだなと思うと、同志的な感情が湧き上がってきます」

私は話をきかせてもらった礼をいい、店を出る。ジャズ喫茶のあったビルは通りの向こう側だ。「みどり薬局」の看板が出ている。通りを渡る。ビルの横に地下室へ降りる階段がある。貸ホールの看板が出ているが汚れている。階段の入口には鎖がかかっている。いまはほとんど使われていないようだった。

## 安心電話

松尾良行《まつおよしゆき》さん（仮名・六十九歳）からメールが届く。自分は夜になると「高齢者のための夜間安心電話」にかけ、話し相手になってもらって助かっている。なかでも、満州《まんしゅう》引き揚げ者の七十代の女性が優しい。「大都会の片隅に、こんなに親切な人たちがいることを、多くの人に知ってもらいたいと思いメールをしました」と書いてある。

「高齢者のための夜間安心電話」（以下、安心電話）とはどんなものだろう。電話を受ける人に会って話をきいてみたいと思う。が、その前にまず、松尾さんに会って話をきいておくことにした。

十二月下旬、松尾さんを訪ねた。

松尾さんは学生時代に結婚し、娘が生まれ、その娘が小学校に入る前に離婚した。妻は娘を連れて実家へ帰った。その後、両親と弟が亡くなり彼はひとりきりになった。現在、父親が残してくれたマンションの家賃収入で暮らし、ほぼ一日中家にいる。

「どうして安心電話にかけたんですか」私がきく。

「幸せな家庭で育ったから、まるっきりひとりになるといたたまれなくなるっていうか
……」彼は正座し、体を前後に揺らしながら話す。「沈黙に耐えられなくなるっていうか、
誰かと話したいって、それでかけたんです」

「安心電話にかけ始めたのはいつ頃からですか」

「三、四年前になります」

「毎晩かけてるんですか」

「いや、月に七、八回、なかなかつながらないんです」

「いつも満州引き揚げ者の七十代の女性が出るんですか」

「いやいや、誰が出るかわからないんです。その人と話せるのは偶然で、どうでしょう
……、二カ月に一回くらいかな」

「その女性が電話に出ると、どうしてその方だってわかるんですか」

「声でわかります。で、またお会いしましたねって」

「向こうもわかるんですか」

「わかります。ボクの声も特徴があるらしくって、覚えてくれてるんです」彼は鼻声でゆ

つくりとした喋り方だ。

「おとといもその方と話ができました」松尾さんがニコッと笑う。

「どんなことを相談するんですか」

「相談っていうより、一般的な話をしましたね」

「たとえば？」

「うーん、四十分近く話した割には覚えてないな……」彼が少し考える。「ビートルズの映画を観たって話をしました。そうしたら『私はビートルズは詳しくないんです』っていってました。七十代後半の方ですから」

「他にどんな話をしましたか」

「娘のこととか……」彼が咳《せ》き込む。

「離婚後、娘さんとは会ってないんですか」

「娘が二十歳になったときに一度会いました。二十四年前です」

「じゃ、娘さんは四十四歳？」

「そうです。娘と孫に会いたいんですけど、向こうは会うつもりはないって」

「そんな話を電話で？」

「はい。弁護士が会いたい気持ちを手紙に書いたらどうかっていうんですっていったら、

『ぜひ、お書きになった方がよろしいのでは』って」

「その方、そういう言葉使いなんですね」

「上品なんです」

「その人が満州引き揚げ者だってどうしてわかったんですか」

「彼女が話したからです。『大連《だいれん》のヤマトホテルを知ってますよ』とか、ボクも台湾《たいわん》の引き揚げですよって」

「相手の方も自分のことを話すんですね」

「はい、何回も電話で話すから友だちみたいになります」

「話題も積み上がっていく？」

「そうです。おととい、ボクが十歳ぐらい年上だったらなーっていいましたけどね」彼の体の揺れが大きくなる。

「同じくらいの歳ならつき合いたいのにっていうことですか」

「そこまではいわなかったですけど、半分、そういう気持ち、あります」

「相手の方も同じような気持ちなんでしょうか」

「さあ、相手の方はどうだかわからないですよ。いろんな人と話してますし、ボクはその中のひとりですから」

「電話を切ったときの気分は？」

「気持ちが通い合ったって感じがあって、心安らぎます」

「他の電話相談ではそんなふうにはなりませんか」

「ならない。他は悩みをきいてくれるだけですからね。安心電話は本当にありがたいんです」

「安心電話」は公益社団法人東京社会福祉士会が行っている電話相談だ。三百六十五日毎晩、夜の七時半から十時半までかけることができる。どんな人たちが電話の応対をしているのだろう。

十二月二十六日午後六時、都内にある東京社会福祉士会の電話相談室を訪ねた。六畳くらいの広さの部屋に、打ち合わせ用のテーブルがあり、奥の壁に向かって二つの机が間仕切りを置いて並び、それぞれの机の上にパソコンのモニター、電話、ヘッドセットが置いてある。登録された社会福祉士の相談員が交替で電話の前に座る。交通費は支払われるが報酬はない、奉仕活動だからだ。

三人の相談員に話をきく。七十代の女性と六十代と五十代の男性だ。

「相談内容で印象に残っていることがあったら教えて下さい」私がいう。

「今日は母の日なのに、子どもたちも孫も来ないし、電話もないって泣きながらかけてきた方がいました。去年は子ども夫婦が来てくれて、婿がギターを弾いて歌ってくれたのに、今日はだれも来てくれなかった、寂しくて寂しくてって」七十代の女性がいう。

「昼間はいろいろ活動している男の方ですけど、夜になるとものすごく寂しくなるって、その方がおっしゃったのは、追いはぎが襲ってくるように寂しさが背中からヒタヒタヒタヒタ来るっていうんです」六十代の男性がいう。

女性と六十代の男性が交互に話す。

「誰でもいいからオムツを替えに来て下さいっていうお電話がありました。ご本人は認知症のようで、ケアマネージャーはいるのかとか、要介護度はいくつかとかきいてもわからないようです。すみません、私はここを出ることができないんですって答えましたけど、濡れたオムツでずっといるのはつらいだろうなーって」

「夫が亡くなってひとりで暮らしている女の方。二人の息子さんは所帯をもっていて、ときどき来てくれるけど、仕事が忙しくていつも疲れてる。お孫さんもたまには来てくれるけど、勉強と部活で大変。みんなに心配かけないように『元気だよ、ちゃんと暮らしてるよ』っていう。だけど、本当は私、先のことが不安で、寂しくて眠れないんですって」

「みなさん気分が落ちこんで、電話をかけてくるんですね」私がきく。

「そういう方ばっかりじゃなくて、けっこう何度もかけてくる方が多くて、いま起きている社会問題について話したかったりとか、好きな若い女性歌手がどうしてるとか、いろいろです」

「アイドルについて話すというのは、友だちに話すような感覚なんでしょうか」

「そうだと思います」

「ただ、話題は一見何事もないようなことですけど、その底には深い寂しさをかかえていたり、精神的な病をかかえていたりします」

松尾さんのように、雑談だからこそ癒やされるということがあるのだろう。


「福祉の仕事をしようと思ったきっかけがあったら教えて下さい」私が女性にきく。

「長男が高校二年生になったときに病気になったんです」

女性は、四十歳の大学教師の夫を亡くし、三人の子どもを抱えて途方に暮れていた。知らず知らずのうちに悲しんでいる息子にあたっていたのだという。

「春休みのある日、気がついたら口もきけず体も動かなくなっていたんです。『心因反応でしょう』って、お医者様がこういうふうに息子の手を上げるとこのままなんです」彼女が左ひじを上げたままの格好をする。「右腕をあげると右腕もこのまんま、つまり身動きがとれない。すぐに精神科に入院しました。私は就いたばかりの職を辞めて、下の子たちを両親に頼んで、病院で付き添ったんです。幸い、長男は周囲の方々のおかげで立ち直ることができました。そのとき、精神科に入院している人っていうのは良いきっかけさえあれば、治る人が八割はいると思ったんです」

彼女はカウンセラーになろうと決心し、勉強してカウンセラーとなり、福祉施設に就職し、その後、社会福祉士の資格も取った。

「カウンセリングを学んでいるとき」彼女がいう。「輪になって替わりばんこに話す訓練があったんです。そこで、私の体験を話したら、みなさん励まされたっておっしゃって、おかげで私自身も明るくなった。そういうことがあって、自分の不幸っていうものが人の役に立つことがあるんだってわかったんです」

電話相談を始めたのは六十二歳のとき。定年後に就いた仕事は残業がなく、夜の時間が使えるようになったからだという。相談員になって十五年目になる。

「一応ここは一期一会で、一回で完結ということなんです」六十代の男性がいう。「ですが、実質的には継続的にかけてくる方が多い。それから、ここの相談は対話型なんです。

相談員はきくだけでなく、自分のことも話します」

「自分のことを話すと相手の方は変わりますか」私がきく。

「なごやかな雰囲気になります」

「かなり変わります。それではじめて、人と人の関係になると思うんですよね」

「最初、相続のことで電話をかけてきた方がいらっしゃって、司法書士を訪ねるべきか弁護士に相談すべきかって、いろいろ悩んでいらして、自筆証書遺言っていうのもあるんですよって話をしたら、すごく楽になられて、『私、満州から引き揚げてきてからコツコツ生きてきたもんで』っていうから、私も満州引き揚げですっていったら、急に親しくなって、引き揚げてきてからのご苦労をお話し下さって、『誰にもこんなこといえなくって』って。どうぞどうぞ、いつでもお電話をかけてきて下さいって切ったんですけれどね、それから何度も電話をかけてこられます」

私は、女性に松尾さんのことを話す。「ええ、よく存じてますよ」という。

「最初、かけてくる方は」六十代の男性がいう。「相談することがなければいけないと思ってかけてくるから、介護のこととか、病気のこととか、何か質問を用意するんです。ま、できる限り質問にはお答えしますが、たとえば、ごめんなさい、私はあんまり知識がなくて答えられないんですけど、今晩、何を召し上がられましたか、とかきくと、そこから本当の悩みに入っていくことがあります。実は、三日間誰とも話してなくってとか、そういう方多いんですよ」

「どうして、何度もかけてくるんでしょう?」

「寂しさとかは一回の電話で解決するはずがないんです」

「何度も話していると、親しい感情を持つようになりませんか」私がきく。

「なります。ある男の方は、寂しくてもっと話をしていたいはずなのに、『他の方が待ってるでしょうから切りますね』って。自制心があるんです。その方とはお互いに、友情のようなものを感じてます」

「女の方で相談員に淡い恋愛感情を抱く方もいます。心を交流させるわけですから、ある程度仕方のないことだと思いますね」

「毎日かけてきて親しくなって、ある日突然かかってこなくなったりすると、私の方が、心に穴があいたような感じになることがあります」

「私たちが解決をめざそうとしても」それまで黙ってきいていた五十代の男性が口をひらく。「ここにかけて下さる方というのは、解決を求めているかといわれれば、必ずしもそうではないと思います。もう、解決しないことがわかっているのだけれど、何かにすがりつきたい、だから、毎日かけてきたり、一年、二年、長い方は十年以上にもなる。そのことがちっとも不思議じゃない。関係ができて、その関係も変化する。人と人とのつき合いってそういうものなんじゃないでしょうか」

午後七時半、ルルルル……、電話が鳴る。

「安心電話でございます」ヘッドセットをつけた女性が出る。「こんばんは、お久しぶりですね。ええ……お風邪をお召しになりましたか……そうですか、ええ……それでどんな具合だったんですか……そうですか、長くかかりましたね……」

ルルルル……、もう一本の電話が鳴る。

「安心電話です」男性が出る。「はい……ええ、はい……死にたいというわけじゃないんでしょう?……はい……いや、異常じゃないと思いますよ。私もあと何年か何日かわからないけど、もうそろそろ逝《い》くと思って暮らしてます……ええ……そうですよ……」

こんなふうな受け答えが午後十時半まで続く。その間、電話はひっきりなしにかかってくる。

ルルルル……、

「安心電話でございます……はい、ええ……」

ルルルル……。

# 初秋の公園

吉祥寺《きちじようじ》駅の南改札口を出る。大きな通りを二本横断してまっすぐに進む。喫茶店や衣料品店が並ぶ道を抜けると、階段の上に出る。下に緑に覆われた公園が広がっている。正面に大きな欅が四本、幹がYの字になって空高く伸びている。枝先の葉が逆光の中で透き通って輝いている。

階段を下りる。公園の真ん中に細長い池がある。池を囲むように桜の樹が並んでいて、水面に枝を伸ばしている。桜の樹と樹の間にベンチがあり、そこに座っている人の多くがひとりだ。本を読んでいる人、池を眺めている人、イヤホンで音楽をきいている人……。

九月下旬の昼下がり、私は井《い》の頭《かしら》公園にやってきた。

五十代くらいの女性がベンチに座って、アイスクリームを食べている。ジーンズに横縞《よこしま》柄のTシャツ。友だちと旅行に行くので、そのための服を買ってきたのだという。大きな紙袋が傍らに置いてある。

「いっしょに旅行に行くのは、どんなお友だちですか」私がきく。

「職人さん同士の奥さんつながりです」

「ご主人は職人さんなんですか」

「職人だったの」

「どんな？」

「ハンドバッグとか作ってた」

「やめたんですか」

「五年前に納品先の会社が倒産したのがきっかけでね」

五年前、自営業をやめた五十五歳の夫は、自分の技術を生かす就職先を探したが、ほとんどなく、薬品工場の工員となった。彼女も弁当屋で働いている。

「はじめて外の世界に出たら、九時五時じゃないですか、すっごい時間が余っちゃって」彼女が笑う。「長い間、二人でひとつの仕事をしてきたでしょう。無制限っていうか、納期に間に合わせるために夜中までやるし、日曜日も返上ですから」

「収入はどうですか」

「外で働いた方が収入も多いですよ。いままで二人で頑張ってきたのは何だったのだろうって思いますね。でも、それをいうと、ウチの人は機嫌悪くなるんです」

「もの作りが好きだったんでしょう」

「そうなんですかね」彼女は首を傾げる。「家も狭いし、この際、機械や道具を全部処分しようっていったんです。そうしたら、未練があるんですね。渋るんですよ」

「結局、処分したんですか」

「しました。でも、ウチの人は、ちょっとした道具をとってあるんです。そんなもの何の役にも立たないよっていうんですけどねえ」

ノートや万年筆にこだわりのある私は夫の気持ちがわかるような気がした。

彼女はアイスクリームのカップをレジ袋に入れて口を縛り、バッグにしまう。

「旅行、楽しみですね」私が大きな紙袋を指さす。

「そうなんです」彼女は笑って紙袋の中をのぞいた。


紺のタンクトップ姿の男性がベンチの背に両腕をひろげ日光浴をしている。横に脱いだチェック柄のシャツが置いてある。あごひげをはやし、丸い縁の眼鏡をかけ、温和な感じの人だ。がん専門の病院で薬剤師をしている。三十五歳。三年前に離婚し、いまはひとり暮らしだという。

「何年くらい結婚してたんですか」私がきく。

「二年とちょっと」彼があごひげをさわる。「三年間くらい恋愛期間があって、もう結婚してもいいかなと思って、結婚して、二年目に出産したまでは、ホント幸せでした」

「お子さんがいるんですね」

「ええ、娘です。四歳になります」

「幸せだったのに、どうして離婚になったんですか」

「出産のとき、むこうが実家で過ごして、ボクのところに戻ってくるのを嫌がりましてね。ボクは子どもに会いたいから戻ってこいって。結局、戻ってきてはくれたんですけど、むこうはずっと実家に帰りたいという思いがあったみたいで、それが爆発したということだと思います」

彼は元妻のことを「むこう」という。

「ボクが仕事から帰ってきたら、むこうの家具とか衣類とかが全部無くなってたんです。もぬけのから、ボクのものだけが残ってた。それから毎日、がらんとした部屋に帰ると思うと、つらかったですよ」

「失礼ですけど、あなたの方に何か非があったんですか？　暴力ふるうとか」

「まさか」彼がムッとする。「調停になったときに、むこうは不満を列挙しました。たとえば、子どもの服を脱がして片付けなかったとか、些細《ささい》なことばかりで、そんなこと、いってくれれば直したのにと思いました」

「あなたへの愛情がなくなったんですかね」

「そうかもしれません」

「あなたの方は？」

「ボクも少しさめたけど、子どもと三人でいっしょに暮らしたかったので、もう一度やり直せないかっていったんです。だけど、むこうが嫌だっていえば、そうせざるを得ないって、調停委員にいわれて……」彼があごひげをさわる。

「親権は彼女の方に？」

「そうです」

「会うことはできるんでしょう？」

「月に一回、ボクとしてはもう少し会いたいんですけど、三時間くらいしかいっしょに居させてもらえない。待ち合わせして、子どもと遊ぶんです。すぐ横でむこうが見張ってるんですけどね」

「監視つきですか」

「そうなんです」彼が力なく笑う。「三時間経つと、むこうが『帰るよ』って、で、連れて行く」

「娘さんは泣きませんか？」

「うーん、まだ、あんまりよくわかってないので、泣きはしません。ただ、『じゃね』っていうと、『パパ好き』って抱きついてきます……」彼が池の方に目をやる。

風が吹き、樹々が無数の葉をこすり合わせ、ザーッと音をたてる。

「娘の写真、見ますか？」彼がズボンのポケットからスマートフォンを取り出しながらいう。

「はい」

「ユイっていいます」

彼が私の目の前にスマートフォンをかざす。ユイちゃんがパフェを食べて口のまわりが白くなっている。彼がスクロールする。両手を広げて鳩《はと》を追いかけている。遊具にまたがり泣きそうな顔をしている……。次々にユイちゃんが現れる。

「これが先月です」

髪を両側で結び、じっとこちらを見ている。

「しっかりした顔立ちになってますね」私がいう。

「そうなんですよ。最近、カメラを向けても、なかなか笑ってくれなくなっちゃって、成長してるってことでしょうね」彼が私の方を見てうれしそうに笑う。

池に沿って人々が歩いている。杖をついて歩く老人、首からカメラを下げた女性、子ども連れの若い夫婦……。池にコンクリートの橋がかかっていて、欄干にもたれて高校生の男女が話をしている。橋を渡った対岸にもベンチが並んでいる。

ブルーのボタンダウンのシャツの上に紺のブレザーを着た男性が弁当を食べている。

「だいぶ遅いお昼ですね」私がきく。

「そうなんですよ、仕事が長引いちゃって」

男性は健康器具製造会社の社員で、吉祥寺の営業所へ、事務機器の保守にやってきたのだという。四十七歳。

「弁当は奥さんが作ってくれるんですか」

「ええ、子どもが弁当なんで、ついでにね」彼が笑う。

男性には三人の子どもがいる。高校一年生の男の子、中学校一年生の女の子、小学校五年生の男の子、妻は中学校の体育教師だ。

「みんなスポーツをやってるんです」彼が弁当箱をしまいながらいう。「テニス、水泳、サッカーって、休みの日はその付き添いで終わっちゃいますね」

「じゃ、子どもたちとよく話をするんですね」

「ええ、子どもが好きで、お節介焼きなんで、うるさいって思われてるかもしれない」

「幸せそうですね」

「そう見えるかもしれませんが、これで悩みもあるんですよ」

「たとえば？」

「娘がスマホを買ってほしいっていいはじめたんです。スマホ依存症になっちゃうのが怖いんで与えてないんですよね。周りの家族にきくと、与えて失敗したって」

「娘さんは納得してますか」

「うーん、スマホは高校生になってからっていう我が家のルールがあるんで、しぶしぶ」

「じゃ、上の子は持ってるんですね」

「そうなんです。ずーっと見てる。困っちゃうよねえ」

「ゲームをしてるんですか」

「ゲームとラインですね。ぜんぜん勉強しない。高校受験で苦労したんで、また、大学受験で同じ苦労を繰り返すから勉強しろっていうんだけど、しませんね。ま、将来何かしたいっていう目標があればね……」彼が水筒からお茶を飲む。「知り合いの息子さんなんか、検事になるっていって、中学受験していいとこ行って、頑張ってます」

「上の子に、目標を見つけろっていってるんですか」

「そうね……」彼がふっとため息をつく。「でも、だんだん、上のお兄ちゃん、私と話さなくなってきてるんですよね」


日が傾き、樹々の影が長くなっている。歩く人の影も長い。

ベンチに女性が座っている。ウェーブのかかった肩までの栗《くり》色の髪、黒のスカートに黒のセーター、首に色とりどりの三連のネックレスをつけている。学生の頃、この公園の近くに下宿をしていたので、懐かしくて三十年ぶりに来たのだという。五十代。

「今日はね、これからコンサートに行くんです」女性がかすれた声でいう。「公園そのものは変わってないですね。このへんをよく歩きましたよ」

「彼氏とですか?」

「そうですね、ふふふ」

「彼氏も大学生だったんですか?」

「いや、五歳上のジャズミュージシャンでした」

「どんなふうに知り合ったんですか」

「ここで彼が練習してたの。木蔭《こかげ》からテナーサックスの音がして、私、吸い寄せられていったんです」

「どのへんで練習してたんでしょう？」

「それがさっき歩いてみたんですけど、思い出せないの。あの頃はベンチはなかったし、人通りも少なかったから」

「デートはこの公園で？」

「そうですね、よく歩きました。それから、新宿の何ていうお店だったかしら、そこで演奏するのをききにいったり、私のアパートに来たり」

「何年くらい付き合ってたんですか」

「一年弱です」

「別れはどんなふうに？」

「その頃、夫になる人と出会ったんです。夫はずるいんです」彼女が思い出してふふふと笑う。「『彼氏いるの？』ってきかれたから、『います』って答えたら、『僕はね、別に君とつき合う気はないから彼氏がいてもいいんだ』って。それでいて『映画行かない？』とかいうわけね。お友だちはたくさんいた方が良いと思って、つき合ったの。で、夫と遊びに行くたびに、彼に報告してたんです。今日は動物園に行ったわとか、こんな映画観てきたのよとか話してた」

「ええ」

「そのうち、私、夫のことが好きになってると気づいたんです。彼が私のアパートにいるときに正直にいいました。そうしたら彼が『わかってたよ』って。私より先に私の気持ちの変化に気づいてたんです」彼女がネックレスを握る。

「夫さんの歳は？」

「同い年、大学の同級生です。でも、去年亡くなったんです、大腸がんで」

「それはどうも。寂しいですね」

「大丈夫、寂しくないの。友だちもいるし、二人の娘も結婚して近くに住んでるしね」

パッシャ！　と音がする。私たちは池の方を見る。水面に波紋が広がっている。鯉が跳ねたのだろう。

彼女は腕時計を見ると「そろそろ行きます」といって、立ち上がる。

「今日は誰のコンサートですか」私がきく。

彼女がバッグからチケットを取り出し、私に渡す。

『本多俊之《ほんだとしゆき》と吹奏楽団コンサート』と書いてある。本多俊之は映画『マルサの女』のテーマ曲を吹いていたサックス奏者だ。

〈つき合った彼とは本多俊之のことだったのだろうか?〉私が彼女を見る。

彼女はにこっと笑って、首を横に振った。

いつの間にか、あたりは夕暮れの青い空気に包まれ、人影もまばらになっていた。池を渡ってくる風が冷たく感じられる。桜の葉が一枚、二枚と舞い落ちる。

# 風光書房

十一月二十八日土曜日、重田秀範《しげたひでのり》さん（六十三歳）は十二時半に御茶ノ水《おちゃのみず》駅を出ると、日本大学理工学部のある坂道を下って行く。黒いコートに黒い鞄《かばん》、真っ白な髪に縁なしの眼鏡をかけている。坂の途中、小さな稲荷神社の横を通るときに前を見上げる。彼が見ているのはビルの四階の窓だ。緑色の文字で「ヨーロッパ人文系古書　風光《ふうこう》書房」と書かれている。彼の店だ。今日で閉店する。

店の前に二人の客とカメラを構えたK君が待っている。K君は馴染《なじ》み客の大学生で、映画部に入っていて、風光書房の映画を作っているのだという。

「すみません、お待たせしました」そういって重田さんはドアを開けて入り、エレベーターに乗る。四階で降り、鍵を出してドアを開け、入口に置いてある低い台を廊下へ出す。

「どうぞご覧下さい」客にいう。

入口正面、目の高さの棚にボードレールやランボーなどフランス詩の本がびっしりと並んでいる。中に入ると部屋の広さは十畳二間くらいで、窓を背に重田さんの机とカウンターがあり、彼が見渡せる感じで壁に沿ってコの字に本棚があり、その間に三本、本棚が立っている。

彼は本棚の角のカーテンをくぐり、裏側に入るとコートと上着をハンガーにかける。グレーのズボンとベージュのセーター姿になり、廊下にある看板を持って一階に降りる。看板をビルの入口に置く。赤い字で「閉店により二〇%オフ」と書いてある。重田さんはその上に「本日限り」と書いた紙を貼る。ビニール袋を片手に、入口の周りに落ちている枯葉やタバコの吸い殻を拾いながらぽつんと口にする。

「最後の掃除だ」

重田さんは奄美《あまみ》大島の出身で、高校生の頃から文学にのめり込み、ヘッセ、ロラン、ジイド、カミュ……などを夢中になって読んだ。早稲田《わせだ》大学仏文科を卒業し、出版社などでアルバイトをしてから、司書の資格を取って図書館に勤めた。が、仕事に楽しさを見つけることができずに辞める。三十歳になったときに、練馬《ねりま》区の江古田《えこだ》の一隅に店を構えた。「風光書房」という名前は、みすず書房の最初の出版物、片山敏彦《かたやまとしひこ》著『詩心の風光』からもらった。年四回「風と光通信」というカタログを作り、全国の大学へ送った。「風と光通信」は『フランス文学道しるべ』とか『物語 ドイツの歴史』といった書籍の特集を軸にして四千冊近い在庫本を並べた。

「始めた頃はよく売れましたよ。八割かた売れましたから、それで、ああ、やっていけるなって感触はつかめましたね」

近くにブックオフができ、店での売り上げががくんと落ちた。そこで、十八年間営業した江古田から現在の神田駿河台《かんだするがだい》へ引っ越してきた。神保町の近くなので古本愛好家が来るようになった。しかし、古本の値段は下がる一方だった。

「昔のカタログの値段見ますとね、高くて、値段を決めた本人がびっくりしてます。今はもう三分の一くらいですよ。そのくらいの暴落ぶりです」

値段が下がるだけでなく、人文書が売れなくなった。

「家賃を稼ぐだけで精一杯、もうボクの力じゃ維持できなくなったんです」

十六年間続けてきた現在の店を閉じることにした。今後、ネット販売だけにするつもりだ。

午後二時。店内には常時、三人程度の客がいて、棚を眺めている。カウンターには深紅のバラが七本活けてある。カメラを手にしているK君の仲間からの贈り物だ。

二十代の男性が本を四冊カウンターに置く。

「ありがとうございます」重田さんが本を見る。「わあ、ボクこの本、大好きなのよ」重田さんは真っ赤な装丁の『ルオーの手紙　ルオー＝シュアレス往復書簡』を手にしている。

「前から読みたいと思ってたんです」客がいう。

「このシュアレスがいなかったらルオーは大成しなかったんですよ」

「そうなんですか」

「素晴らしい本」

「良かった」

客は本の袋を手に生き生きと店を出て行く。

「これからあの本を読むんだと思うと、ちょっとうらやましい」重田さんが私にいう。

「そういう気持ちわかります」

「あの本はね、何回も売って、読んだお客さんがやってきて感激したっていってくれたことが何度もあるんです。お客さんと喜びが共有できる、この仕事はいいですねえ」彼が嬉しそうに笑う。

店内に客がいなくなる。

「一日中、客がひとりも来ないということもあったでしょう?」私がきく。

「もちろんあります」

「そういうときはのんびり本でも読んでるんですか」

「のんびりしようと思ったらできます。でも、仕事は無限にある。仕入れた本をネット上に上げたり、パラフィンをかけたり、値段の変更をしたり、線引きがあったらそれを消したり、店を閉めてから奥の棚の整理をしたり、ぜんぜん暇はない」

「じゃ、好きな読書はどうしてるんですか」

「だいたい電車の中です。いつも鞄に好きな本を二、三冊入れてます。見ますか」重田さんは鞄から本を取り出してカウンターに置く。ハイデガー著『ヒューマニズムについて』、小林秀雄《こばやしひでお》著『近代絵画』。

　重田さんが本棚を見て回るのについて歩く。

「いま風光書房には本が何冊あるんですか」私がきく。

「二万数千冊くらいですかね」彼が本の背を揃《そろ》えていく。

「ここ哲学のコーナーです。フィヒテの隣にベートーベン、ボクの中では同じ世界ですからね」

　その下にシェリングやヘーゲルが並んでいる。

「ゲーテがここに並んで、突然ハイゼンベルクがいて、こういう棚作りなのです」

「どうして理論物理学者のハイゼンベルクが隣なんですか」

「ハイゼンベルクは自然科学者としてのゲーテを高く評価してましてね、とくに色彩論などを」

別の棚に移動する。

「ここは小林秀雄」

同じ棚に富永太郎《とみながたろう》、大岡昇平《おおおかしようへい》、白洲正子《しらすまさこ》、河上徹太郎《かわかみてつたろう》などが並んでいる。

「なんでここに『二葉亭四迷論』があるかっていうとね」重田さんはその本を取って私に見せる。「これ青山二郎《あおやまじろう》の装幀《そうてい》なんです」

「そういうことですか」

「ね、だから、好きな人は棚の前に立って一時間でも二時間でもいられるわけです」

重田さんは右手を頬にあてて棚を眺めている。


午後三時。赤いフリースにピンクのリュックを背負った女性が廊下の台に置いてある安売りの本を五冊抱えている。荷物で膨れているリュックが、店内を歩くときに棚にぶつかる。

一時間近く棚を眺めていた中年の男性が一冊の本を手にカウンターに向かう。

「ありがとうございます」重田さんが紙袋に入れて渡す。

「お元気で」男性はそういうと店を出て行く。

私は男性を追いかけて話をきかせてほしいと頼む。

「歩きながらなら」と彼が答える。仕事の途中で寄ったのだ。

「いままで楽しませてもらったので、お礼をいいたかったんだけど、うまくいえなくてさ」

「店長の重田さんと話したことは？」

「ない。棚を見てるうちに時間がなくなっちゃう、いつもそうなんだよね」男性は駆けるようにして地下鉄の駅に入って行った。


午後四時半。「四時過ぎたか、あと二時間だな」重田さんが腕を組んで、誰にいうともなくいう。

大きなバッグを手にした青年が店に入ってくる。

「今日もレコードいっぱい買ったの？」重田さんが声をかける。

青年がニコッと笑い、「ききますか」とバッグからレコードを取り出す。ジャケットにはフルトヴェングラーの文字。

「ブルックナーの五番か」重田さんは机の横に置いてあるターンテーブルにレコードを載せ針を置く。ゆっくりとした絃《げん》の響きがスピーカーから流れてくる。

「これ一万円超えちゃった?」重田さんがきく。

「はい、ドイツ盤高いんですよね」青年が答える。

「いくらお金あっても足りないんじゃない?」

「オレにクラッシック熱吹き込んだの重田さんですよ」

「悪いと思ってるよ」二人が笑う。

この店で重田さんといっしょにレコードをきくのを楽しみにしていた客が何人もいたという。

「ブルックナーはいまここできくには重厚すぎるなぁ」そういうと重田さんはレコードを取り出し青年に返す。窓際のレコードが並んでいる棚から一枚を抜き出しターンテーブルに載せる。ジャケットに「バッハ/ヴァイオリンとクラヴサンのためのソナタ全集・ラインホルト・バルヒェット(ヴァイオリン)」と書いてある。

静謐な曲が流れてくる。

「このバルヒェットがいいのよ」重田さんはたまらないという感じで両手を胸の前でこす

り合わせる。

「神保町あたりに来たときに」重田さんが私にいう。「ここで小一時間つぶせるっていうお客さんけっこういらっしゃって、ボクはそういう方、好きだから歓迎してね、楽しい時間を共有するんです。そういうお客さんの楽しみを奪うことになるでしょう。それが一番悲しいですね」

「それは重田さん自身の楽しみもなくなるってことですか?」

「もちろんそうです。店にいる時間というのが、ボクの人生のおおよそですからね」

午後五時。「オリンピックなんて大嫌いだから、そのときまでに私は死ぬって決めてるの」八十代の女性がカウンターの前に立っている。女性は黒いオーバーコートに黒い帽子、赤い小さなバッグを斜めにかけ、三つ編みに結った白い髪が帽子から出ている。元編集者で、店に来ると一時間は重田さんとおしゃべりをするのだという。

「閉店ときいて騒ぎ出すっていかがなものでしょう」女性がいう。

「その前にいっぱい買ってくれてればねえ」重田さんが笑う。

「そうですよ」

女性は最近読んだ本やロシア語の勉強法などについて話す。

彼女が別れの挨拶をしてビルの外に出たとき、

「重田さんについてお話をきかせて下さい」と私は声をかけた。

「深みのある人よ、ああいう話のできる人ともう会えないと思うとね」

「寂しいですか」

女性の顔がキッとなる。

「だいたいあなたね、店がなくなるときいて取材に来る、買いに来るってダメですよ」

「……」彼女の思いに圧倒されて私は何もいえない。


午後六時。「風光さん閉店するの？」赤のチェック柄のエプロンをつけた五十代の男性が目をまん丸にして重田さんを見ている。

「ひっそりと去りたくて……」重田さんがいう。

「市場の帰りに寄ったら看板出てるからびっくりしちゃった」

エプロンの男性は同業者で古本の市場に来た帰りだ。

私は帰ろうとする男性にビルの外で話しかけた。学生時代に江古田にあった風光書房によく通ったのだという。

「よく買いましたよ。あの頃の風光さんはボクが支えてたっていってもいいくらいですよ」といって笑う。

男性は大学卒業後、会社員になったが辞めて、四十代で古書店主になり、神田に引っ越してきた重田さんと古書店主同士として再会した。

「ここのお店はね、ヨーロッパの古典を扱う正統な店ですよ、でも、いまはそういう本は売れないからなー」彼が四階を見上げる。

全国の大学からドイツ文学やフランス文学の科がなくなり始めている。東京大学の仏文科でさえ定員割れが常態化しているという。重田さんが愛してやまないヨーロッパ古典文学が、現代の日本から見捨てられようとしている。

「ゲーテとかシラーが並んで棚に入っているのはうちくらいじゃないですかね。売れませんから」重田さんがため息をつく。「それに、ボクがおつき合いいただいていたお客さんたちはみんな歳をとられました」


午後七時。「閉店します」重田さんが少し大きな声でいう。

一階に降り看板を入れ、四階の廊下に置く。机の前に座り、パソコンの画面を見る。

「今日売れた本を削除しなきゃいけないんだけど、なんだか頭がぼーっとしちゃって」

風光書房についての映画を作っているK君の仲間がやってくる。男性三人と女性二人、みんな何度も店に来たことがあり、重田さんを慕っている。

「引っ越しは業者にやってもらうんだけど」重田さんがいう。「いろいろこっちでやらなきゃならない作業があるんです。それを、この若いみんなが明日から、ただで手伝ってくれるっていうんだ。ありがたいですよ」

午後八時。本棚を背景に学生たちといっしょに記念写真を撮る。そして店を閉め、中華料理店へ行く。ビールを飲み、食事をする。重田さんに薦められて読んだ本や映画の話を学生たちがする。そのうち、彼らは重田さんの故郷の奄美大島で合宿しようなどと盛り上がる。

「本来ならしょぼくれて帰るところなんですが、彼らがいてくれるおかげで、こうやって笑っていられます」重田さんが私にいう。

午後十一時。中華料理店を出て、御茶ノ水駅へと向かう坂道を上って行く。澄んだ夜空に満月が輝いている。学生たちの足取りは早い。私たちは少し遅れて歩いている。重田さんは自分の足元を見ながら吐息をつくようにいう。

「なんだかねー、がっかりします、がっかりしますよ、いろんな意味でね」

# 駄菓子屋の子どもたち

葛飾区四《よ》つ木《ぎ》は、荒《あら》川・綾瀬《あやせ》川と中《なか》川に囲まれている。町工場と家々が密集し、その間をいくつもの路地が曲がりくねっている。一九三七年（昭和十二）、小学生の豊田正子《とよだまさこ》が『綴方《つづりかた》教室』で貧しい生活を見つめ、作文に記録した地域だ。八十年が経ったいま、子どもたちが見ているのはどんな暮らしだろう。

午後四時、車一台がやっと通れるような路地の一角に、二十台近い自転車が散乱し、一軒の家の玄関口を子どもたちが出たり入ったりしている。まるで蟻《あり》の巣のようだ。子どもたちはそこを「ヨッちゃんの店」と呼んでいる。

玄関を入ると、四畳半程度の薄暗い土間があって、段ボール箱がいくつか置いてあり、その上にフーセンガムや麦チョコやあんず棒など、いわゆる駄菓子が並んでいる。

「ヨッちゃん、これいくら？」男の子がアイスボックスからチューチュー（ビニールチューブに入ったジュースを凍らせたもの）を取りだす。「二十七円」店主の木村義男《きむらよしお》（五十九歳）が答える。「四本買うから百円でおまけして」「そうはいかないよ」「じゃ、このラムネは？」「十円」「チューチュー三本とラムネね」「はいよ、九円のおつり」ヨッちゃんがレジスターにお金を入れ、おつりを渡す。

レジスターの横に暖簾《のれん》がかかっていて、くぐると奥に六畳の土間がある。デコラ張りのテーブルが二つあり、その周りに丸椅子やパイプ椅子が置いてある。隅で扇風機が回っている。十人近くの子どもたちが、男女に分かれて座り、お菓子を食べたり、ゲームをしたり、おしゃべりをしたりしている。男の子も女の子もみんな半ズボンにTシャツ姿だ。

何回か通ううちに、いつも集まっているのは近くの小学校の五年生だと知り、何人かの名前も覚えることができた。

「ユウジってヘンタイだよ」女の子たちが額《ひたい》を寄せあっている。「めっちゃヘンタイ」「ユウジが家に遊びにきて、ママのブラジャー見つけて、自分の胸につけたの」「えー、きもーい」女の子たちが黄色い声を上げる。

「アイスクッキー、ちょーうまい」「オレも買おう、ヨッちゃん、アイスクッキー」「あいよ、六十五円ね」「レン、財布カバンにしまっとけよ」テーブルの上に大きな札入れのような財布が置いてある。男の子たちはみんな大きな財布を持っている。女の子の財布は小さい。ちなみに、小遣いは月千円という子が多い。

「男のロマンのところにムヒ塗ったらちょーヒリヒリ」「どこに塗ったら?」女の子がきく。「男のロマンだよ」男の子がズボンの前に手をあてる。「ソーセージっていった方がわかりやすい」

「待ち受けに自分の写真使ったらきもっていわれた」女の子が携帯電話を隣の子に見せている。「かわいいじゃん」「見せろよ」「ブスとかいわない?」「わかった」「いわない?約束してよ」「もういい、めんどくさい」「オレに見せて」「約束する?」「する」男の子が携帯電話を受け取って見る。「ブ……ブ……ブ」「ス」隣の男の子が大きな声でいう。

子どもたちは大声で話し、笑い、体をぶつけあって、子犬のようにじゃれている。一人ひとりに話をきいてみた。


ヒナはひとりっ子だ。長い髪を後ろで束ねている。いつもきょろきょろしていて、みんなに関わっていくが、なぜか相手にしてもらえない。

「この前」ヒナがゆっくり話す。「友だちが『土曜日にカオリの家で遊ぶ』っていうから、カオリに『私も遊びに行っていい?』ってきいたら、『ママにきいてみなきゃわかんない』って。で、次の日に『きいてくれた？』っていったら、『土曜日、ママ用事で出かけるからダメになったの』って。それで、月曜日に学校に行ったら、友だちが『カオリの家に行ったよ』って。『どうして嘘ついたの』ってカオリにいったら、『別にいいじゃん』っていわれた」

「悔しかった？」私がきく。

「うん」

「泣いた？」

「いや、泣かないけどぉ」ヒナが笑う。「ママにいったら『嘘つく子と遊ぶのやめなさい』って」


ナナミは「ユウジがヘンタイだ」といい出した子だ。背が低く手足が細い。男の子とはあまり口をきかない。中学生の兄がいるが、彼は父親とうまくいかなくて、母方の祖父母の家で暮らしている。

「パパは怒るとナナミをお風呂に沈めたりする」ナナミは早口で話す。

「暴力ふるうの？」私がきく。

「うん、ママが助けようとするんだけど、ママも殴られちゃうの。それで、ママがナナミに『おばあちゃんのとこ行きなさーい』って」

「おばあちゃんの家は近いの？」

「うん、近い」

「お父さんはどうして怒るの？」

「わかんない。いつもお酒飲んでる。仕事に行くんだけど、帰ったときとか、朝とかもお酒飲んで、携帯とかずっといじってる。で、突然怒る」

「怖い？」

「怖い。大っ嫌い。ナナミもおばあちゃんとこに行きたいんだけど、ママがかわいそうで」

「お父さんはどんな仕事してるの？」

「郵便局、でも、正社員じゃないんだよ」

「そう」

「ママがそういってる」

「お母さんは？」

「掃除の仕事をしてる」

「お母さんは何時ごろ帰ってくるの？」

「終わるのは四時、だけど友だちとおしゃべりしたりで、六時頃、ママが帰るのに合わせてナナミも帰る」

ナナミは父親に怯《おび》えている。父親と二人だけになりたくないから、「ヨッちゃんの店」で時間をつぶし、母親にメールをして、母親の帰る時間に合わせている。

「お母さん、お父さんの暴力のことを誰かに相談してる?」

「友だちに話してると思う」

携帯電話から「恋するフォーチュンクッキー」のメロディーが流れる。

「あ、ママからだ」ナナミがにこっと笑う。

レンはお調子者だ。背が低く、おかっぱ頭でメガネをかけている。四人兄弟の長男。彼の父親はタクシーの運転手で、母親は町工場でパート仕事をしている。

「お父さんとお母さんのどっちが好き?」私がきく。

「お母さん」レンが答える。

「どうして?」

「いっしょにバドミントンして遊んでくれたから」

「いまはしないの?」

「しない。弟とか妹の面倒見なくちゃいけないから」

「お小遣いはいくら？」

「やったぶんとかだから、その月によって違う」

「やったぶんって？」

「ゴミ捨ては五円、犬の散歩をしたら五十円とか決まってる」

「あなたの悩みは何？」

「指をしゃぶっちゃうこと。勝手にやってるときがある。先生に注意されて気がつく」

「寂しいのかな？」

「わかんない。お母さんにもいわれた『寂しいの？』って」

「どんなふうに指をしゃぶってるの？」

「ええ、やるの？」レンは恥ずかしそうに左手の親指を口にくわえた。


ユウジは大人びている。周りの子のように騒がないし、あまり笑わない。彼の父親は宅配便の配達をしていたが、二年前に心筋梗塞で亡くなった。ユウジが三年生のときだ。彼には高校三年生の兄がいる。三十七歳の母親が介護福祉士の仕事をして子どもたちを育てている。

「友だちにお父さんのことをいうと、かわいそうっていわれる?」私がきく。

「かわいそうっていうか、みんなびっくりします。でも、もう慣れたんで、大丈夫です」

ユウジはぼそぼそと答える。

「お母さんに恋人ができて再婚したいっていったらどう?」

「いや、ダメです。考えられない。兄弟そろって反対します」彼はぶすっとする。

「どうして?」

「お父さんがかわいそうです」

「お兄さんとお父さんの思い出を話したりするの?」

「お父さんが生きてたらなーとかいうと、お互い寂しくなっちゃうんで、楽しいことしか話しません」

「楽しいことって?」

「テレビで釣り番組とかやってたら、うちの車、魚臭かったよなーとか」

「お父さん釣り好きだったの?」

「はい」

「連れていってくれた?」

「はい。お母さんはそういうの興味なくて、お兄ちゃんは休日はいつも寝てたんで、オレとお父さんで車に乗って海に行きました」

「釣れた？」

「はい、ハゼとかアイナメとかいっぱい」

「食べたの？」

「はい、お父さんが料理して、ハゼのから揚げとかちょーうまかった」ユウジが笑う。はじめて見るかわいらしい笑顔だ。


メグはみんなに携帯電話の画面を見せていた子で、背が高く大きな目をくりくりさせている。彼女の父親はビール会社に勤めていて、帰りはたいてい夜の十一時、十二時。いつも「疲れた疲れた」といっているという。母親は喫茶店でアルバイトをしながらパン作りの教室に通っている。

「パパに早く帰ってきてほしい」メグがいう。「そのかわり、ママは休んでばっかりだから、もう少し働いてほしい」


ミサキはバレーボール部に入っている。背は高くないが、腕と足がかなり長い。丸椅子に座り、右足の上に左足をくの字にして載せている。父親が好きだという。

「どうして？」私がきく。

「あの、もともとお母さんいないんで」ミサキの話し方は舌足らずな感じだ。

「お母さんどうしたの？」

「えと……」彼女がちゅうちょする。「ミサキが五歳のときに、お母さんに好きな人ができちゃって、出ていったきり戻ってこない」

彼女には中学生の兄がいて、父親と三人で暮らしている。父親の仕事は自動車販売の営業で、毎日帰ってくるのが遅い。

「家事はどうしてるの？」

「お兄ちゃんかミサキのどっちかがご飯炊いて、洗濯物とりこんで、お皿洗って、お風呂入って、寝る」

「ご飯のおかずは？」

「おかずは、あのー、ないから納豆ごはんとか」

「作らないの？」

「うん、お父さんが小学生は火を使っちゃいけないって、お兄ちゃんは中学生なんだけど、面倒くさいって」

「お母さんの彼氏と会ったことある？」

「ない」

「その人のことが憎らしい？」

ミサキは首を横にふる。

「お母さんはその人といっしょに暮らしてるの？」

「ううん、ふられたみたい」

「そう。お母さんは戻ってきて、あなたたちと暮らしたいと思わないのかしら？」

「たぶん、お父さんが嫌がる」

母親は隣町の堀切《ほりきり》に住んでいる。

「お母さんと会う？」

「うん、たまに。昨日バレーの試合、見にきてた」

「終わってからいっしょにご飯食べたの？」

「食べない。体調悪いって。体調悪いのに見にきてくれた」

「お兄さんもいっしょに会ったりもするの？」

「うん、いっしょにお昼を食べたりする」

「お母さんがごちそうしてくれるんだ」

「ううん、お父さんがお兄ちゃんにお金を持たせる」

母親は貧しい暮らしをしているらしい。

「お母さんはあなたと暮らしたいっていわない？」

「いわないけど、ミサキは思う」

一度、自分を捨てて出ていった母親でも、彼女はいっしょにいたいらしい。

「お母さんにいっしょに暮らしたいっていったの？」

「いわない」

「どうして？」

「うーん」彼女は少し考える。「なんか、ミサキがいっしょに住みたいっていって、もし、無理だったら、お母さん困ると思って……」

ミサキは母親の暮らしぶりを思って、いい出しかねている。大人に気を使っている。

「ミサキの良くないところはね」彼女が明るい声でいう。

「どんなところ？」

「これ」彼女は、くの字に組んだ自分の太腿をピシャッとたたく。「お母さんが『男みたいだから足組むのやめなさい』って」

「鬼ごっこしよう」とメグがいい出し、子どもたちは店の前の路地を走り回っている。どの子も汗びっしょりだ。レンが水を入れたゴム風船を手にして「おしっこかけるぞ」といって水を撒《ま》きはじめる。女の子たちがキャーキャーいって逃げ回る。たちまち、みんながゴム風船を買い、水を入れて路地に出てくる。ユウジがスケートボードに乗って水を撒きながら移動する。「散水車登場！」。ヒナは裸足になって自分の足に水をかける。「気持ち良いよ」。ナナミはチューチューを口にして離れたところで見ている。レンに水をかけられたミサキが水風船を投げつける。レンは頭から水浸しになる。笑い声がはじけ、水風船の投げ合いがはじまる。あちこちで水風船が破裂し、水しぶきが上がる。ほとんどの子が裸足になり、髪の毛の先から水をしたたらせている。西日が差しキラキラと輝いている。「ヨッちゃん、いま何時？」女の子がきく。「五時半」ヨッちゃんが答える。「あたし帰る」「オレも」「バイバーイ」「待ってくれよー」「ヨッちゃん、バイバイ」「お、車に気をつけるんだよ」

子どもたちは自転車に乗るといっせいに走り去る。急に静かになる。ヨッちゃんが箒《ほうき》とちり取りを手にあたりを掃く。

午後六時、さっきまで水浸しだった路地はカラッと乾いている。

# あとがき

後日談をひとつ。

単行本（『こころ傷んでたえがたき日に』）には読者カードが挟んであった。気が向いた読者は名前や住所を記入して投函する。送られてきたカードはまず編集部で読み、その後、私のところに届く。カードにはひとこと感想が書かれていて、それを見るといつも、本当に読んでくれた人がいたのだという事実に驚く。

カードは何十枚かの束になって届くのだが、その日は一枚だけだった。「差出人に注目して下さい」と編集者からのメモがついていた。差出人を見ると「山田洋次」とあり、感想欄に「『群像』に書かれた著者の随筆を読み、早速購入しました。素敵な作品群でした。上原さんによろしくお伝え下さい」と書いてある。住所や年齢から判断して、あの映画監督のような気がする。私はそのカードに書かれている、いかにも書き慣れた文字を何度も眺めた。こんなふうに気に入ったものがあればすぐにそのことを伝えることで、いままで多くの人が励まされてきたのに違いない。

感想にある『群像』の随筆とは、「前橋での読書会」という文章のことだ。拙著についての読書会に招かれ、旅行気分で行ったところ、参加者の熱い感想をきき、思いもよらない解釈に著者の私自身が教えられ、感心し、圧倒され、本というのは読者のものなのだと感じ入った経験を書いた。

カードにある住所に手紙を出した。「編集者から読者カードが転送され、お名前と住所を見て、山田監督だと思いました。驚きました。うれしかったです」とお礼を述べ、それから、私の大好きな映画『幸福の黄色いハンカチ』が、ピート・ハミルのコラムから発想されたこと、私はピート・ハミルのような文章を書きたいと思ってきたことなどを書いた。

一週間後、返事のはがきが届いた。そこには、柴又へ行ったときに、参道の店の人に、「娘は二十一のまま」の小林さんのことを話したら驚いていたということが書かれていた。

「娘は二十一のまま」の父親・小林賢二さんは生まれも育ちも柴又だ。この文章の冒頭を「京成線の柴又駅の改札口を出ると、目の前に『フーテンの寅』の像が建っている」と書き出した。書いているとき、もちろん映画『男はつらいよ』が頭の中にあった。が、読者カードで山田監督の名前を見、手紙を書く段になっても、この文章のことは意識にのぼらなかった。返事をいただいて、〈そうか、柴又のことを書いていたな〉と思い出し、山田監督はこの文章にある種の親近感を持ってくれたのかもしれないと思った。

それにしても不思議な感じがする。冒頭の一文を書いているとき、「フーテンの寅」の生みの親がこの文章を読むことになるなんて想像だにしなかったからだ。

本はひとり歩きをする。様々な人と出会う。そしてひとりひとりの読者のものになる。今回、題名が『ひそかに胸にやどる悔いあり』となり、文章の並びも変えたこの文庫本も、新たな読者と出会い、その人のものとなっていくことを願っている。


『晴れた日にかなしみの一つ』に続き、本書も中村朱江さんが作ってくれました。

解説を書いて下さった清田隆之さんは新聞で人生相談の回答者をしています。人の話をきく達人です。というと老練な文筆家のように思われるかもしれませんが、私が取材でお会いしたとき、ベランダからサッカーボールを蹴りながら入ってくる、少年のような人でした。確か、清田さんと中村さんは大学の先輩後輩で、十数年前、若いお二人が私の前に現れた日のことは、その場での瑞々しい話題とともに覚えています。それ以来のお付き合いです。清田さん、中村さん、ありがとうございます。

お会いしたことはありませんが、いつも様々な媒体で応援して下さり、今回は帯文まで寄せて下さった伊坂幸太郎さんにお礼を申し上げます。感謝の気持ちが仙台まで届きますように。

最後になりましたが、話をきかせて下さったおひとりおひとりに、そして本書をここまで読んで下さった皆様に、心から感謝をいたします。

二〇二三年一月二一日

上原　隆

# 解説

文筆業／桃山商事代表　清田隆之

　上原さんの本に出会ったのは今から二十年くらい前のことで、同級生が貸してくれた『友がみな我よりえらく見える日は』が最初の一冊だった。一読して衝撃を受け、他の著書を次々と読んだ。そのとき私は文学部に通う大学生で、いつか作家になりたいと思っていた。でも自分には小説にできるような特殊な経験など皆無だし、健康にも人間関係にも恵まれた人生を歩み、「これだけは誰にも負けない」と思えるような何かも持ち合わせていない。平凡でありふれていて偏ったところもなく、好奇心もチャレンジ精神も希薄な自分が物書きになんかなれるわけない……と、〝普通コンプレックス〟とでもいうようなものをこじらせていた私にとって、上原さんの文章はとてもとても刺激的だった。

　読みながら去来した様々な思いの中に、「これなら俺にも書けるかも」というものがあった。芸能人や著名人が出てくるわけじゃないし、危険な場所に潜入取材しているわけでもない。文体が風変わりなわけでもないし、難しい単語が並んでいるわけでもない。何より著者自身、自分と似たようなコンプレックスを抱えている。そういった諸々にある種の〝近さ〟を感じ、それが物書きになりたいという夢の支えになっていた。

しかし、それは極めて浅はかな勘違いだった。私はその後、雑誌を作るサークルに入り、その仲間と出版系の制作会社を立ち上げ、ライターとして様々な媒体で仕事をするようになった。そして三十代になって独立し、友達と趣味のように続けていた恋バナ収集ユニット「桃山商事」の活動が仕事と重なっていき、今は「恋愛とジェンダー」を主なテーマとする書き手として日々を暮らしている。

ユニットとして、また個人としてもいくつかの本を書く機会に恵まれ、一昨年には『自慢話でも武勇伝でもない「一般男性」の話から見えた生きづらさと男らしさのこと』という長いタイトルの単著を出版した。「名もなき市井《しせい》の人々の身の上話に耳を傾ける」という点で上原さんの影響を多分に受けており、ありそうでなかった一般男性の人生録ということで、個人的にも思い入れの深い一冊となった。

だからこそなおさら痛感する。上原さんのように書くことは途轍《とてつ》もなく難しい。近づこうと思えば思うほど〝遠さ〟を感じる。「これなら俺にも書けるかも」だなんてよく思えたものだよな……と、自分の浅はかさに身震いする。

今朝、大きなマンションの前に立ったときや、居間に入ってラックに入っている彼らの仕事の成果を見たときに、ここにいる人たちは、生き馬の目を抜くような業界で仕事をしている、少数精鋭の手強い人たちなんだと思った。

ところが、ひとりひとりと話しているうちに、その印象は変わっていった。清田はみんな仲良く仕事できるのが一番だというし、武藤は暗い自分を受け入れてくれるところだという。そして、後藤は小心者の集まりなのだといった。

学生サークルのまま社会に出ていきたいと思ったのは、みんな気が弱かったからなのだ。(『正論』二〇一〇年十一月号「サークル会社」より引用)

実は一度、上原さんから取材を受けたことがある。サークル仲間と立ち上げた会社のことをノンフィクション・コラムにしてくれたのだ。当時我々は全員三十代に差しかかろうというタイミングで、会社の方向性や行く末について、日々みんなで議論していた。経営はそこそこ軌道に乗っていたが、下請け仕事がメインで「自分たちの名前で仕事ができるようになりたい」という目標にはほど遠い状態だった。一方でリーマン・ショックの影響もあって業界全体で制作費が下がっており、「夢よりも安定が優先」という声も根強くあった。上原さんが声をかけてくれたのはそんな時期で、朝から晩まで仕事や会議の様子を観察し、合間合間でメンバーそれぞれにインタビューしていくという取材が丸三日も続いた。

本書『ひそかに胸にやどる悔いあり』にも様々な人たちが登場する。娘を殺人事件で失った夫婦、六十年間休まず新聞配達を続けた男性、身寄りのない男性を家に招き入れた元教師、上司のパワハラに苦しんだ女性、四人の息子を育てるシングルファーザー、新聞に川柳を投稿することが生きがいの男性、駄菓子屋に集う小学生たち……。どのコラムもグッとくる描写やセリフで構成されている。「リアル」「臨場感」「等身大」「率直な」といった表現を重ねても到底言い表せないような〝生《なま》の言葉〟に溢れているのは、おそらく上原さんがそこに「居る」からだ。話を聞いているだけでなく、そこに居る——。これこそが上原作品の魅力の源泉ではないかと、私には感じられてならない。

柳本家の居間に、矢野さんが看板を持って立つ交差点に、安心電話の現場に、浅野さんの通う銭湯に、今日で閉店となる古書店に、アイメイトと通うスポーツセンターに、後藤さんが最初のデートで行った飲食店に、部室みたいな我々のオフィスに、上原さんは居る。取材なんだから当たり前だろうと感じるかもしれないが、これって実はかなり難しいことじゃないかと、同業者として強く思う。というのも、私的な時間や空間に立ち入られることは誰にとってもストレスだろうし、つらい記憶や心の傷について振り返ってもらうのも、たとえ取材相手からの申し出であっても負担を強《し》いる行為になる。露骨に面倒くさがられることもあるだろうし、距離感を誤れば依存される可能性だって否定できない。

　我々のときも決して簡単な取材ではなかったと思う。メンバーの中には上原さんの文章を読んだことがなく、『情熱大陸』や『プロフェッショナル』のような、「新進気鋭のクリエイター集団に密着！」みたいな内容をイメージしていた人も正直いた。ところが取材が始まり、朝から晩まで上原さんがオフィスに常駐するようになると、にわかに様子が変化した。事務所の床で居眠りし、仕事が進まず不機嫌になり、会議では生々しい数字の話が飛び交う。そんな姿を社外の人である上原さんに見られることを嫌がり、戸惑いを見せる者もいた。必ずしも全員が楽しく取材に応じていたわけではない。そういう時間にじっと身を置き、観察と会話を重ねる中で見出してくれたのが「学生サークルのまま社会に出ていきたいと思ったのは、みんな気が弱かったからなのだ」というポイントだった。

　本書で描かれるどのコラムにも、そのようなプロセスが少なからずあったのではないかと想像する。一緒に道を歩いたり、巧妙に気配を消したり、優しく寄り添ったり、冷静に分析したり、沈黙に耐えたり、聞きづらい質問を投げかけたり、自分を重ねたり、心を痛めたり、ひらりと身をかわしたり、突き放して観察したり、興味津々で盗み聞きしたり、圧倒的な現実を前に言葉を失ったりしながら拾い集めた、物語未満の欠片《かけら》たち。

それだけでコラムが完成するわけではもちろんない。ずっと回している録音テープは毎回ものすごい時間になるはずだが、上原さんはそれらを一言一句、手書きで文字おこししているという。そのようにして用意した膨大な素材を何日もかけて読み込み、相手のことをずっと考え、自分の心にも潜りながらグッとくるポイントを探り、そこを中心に構成を組み立てていく。形にならなかった取材も少なくないはずだ。上原さんのコラムがしばしば「珠玉の」と形容されるのは、それが繊細な手仕事によるものだからではないか。


電器店は繁盛した。ただ、ここ十年近くは大型店ができたために売り上げが減少している。

「携帯見てもろたらわかるけど」彼は私に携帯電話の連絡先名簿を見せる。「全部で八百五十名、お客さんです。電気製品が具合悪くなったら電話してきます。僕はなるべく修理する。部品を使わずに直せたら無料、出張費は取りません。お年寄りには喜んでもらってます。最近は、アンテナの取り付けで屋根に登ろうとすると、お客さんが『危ないからやめとき』って。自分ではしっかりしてるつもりでも足元がおぼつかないんやろね」彼が声を出して笑う。（本書「新聞配達六十年」より引用）

上原さんの書くノンフィクション・コラムはどれも小さな小さな物語だ。そこに描かれる人がいて、発せられた言葉があって、それ以上でもそれ以下でもない、様々な人生の断片。なんらかの主張やメッセージを伝えるために書かれたものではないし、時代や社会を映す鏡として存在しているわけでもない。おそらく上原さんは縁あって出会った人たちと向き合い、話を聞いたり時間をともにしたりする中で感動したポイントをそのつど文章にしているだけで、本来であれば余計な深読みや意味づけなどせず、その一篇一篇を味わうように読んでいくのがいいと思う。それでも私は無意識的に結びつけてしまう。出てくる人たちと自分自身のことを。描かれる物語と私たちが生きるこの社会のことを。野暮で無粋な読み方だなとは思うけれど、重ねて考えることをどうしてもやめられない。

例えば『友がみな我よりえらく見える日は』には「リストラ」という話が収録されている。その出版が一九九六年、日本が本格的な不況に突入していく時代だ。そこからリストラという言葉はすっかり一般化し、以後ノンフィクション・コラムにも、会社の都合で職を失ったり、再就職の機会を得ることに苦労したりする人が度々登場するようになる。二〇〇〇年前後といえば、実力主義、競争社会、弱肉強食——効率や生産性といったものが重視され、成果や能力で人間の価値を測る風潮が社会の隅々にまで広がっていった頃だ。

我々が会社を立ち上げたのは二〇〇五年のことで、当時は「就職氷河期」と呼ばれ、みんな早々に就職することを諦めていた。また「ナンバーワンよりオンリーワン」というメッセージの歌が社会現象になるなど、やりたいことを見つけて自由に生きることが推奨された〝自分探し〟の時代でもあった。成功できるかどうかは努力と実力次第で、失敗すれば負け組として生き続けねばならない。そんなムードの中にあって、気の弱かった我々はみんなで社会に出ることを選択した。上原さんの目に映った「サークル会社」は、すべて自己責任に帰されるシビアな社会をなんとか生き抜こうと奮闘する若者たちの姿にも見える。

心を病む人、お金の工面に苦しめられる人、家から出られなくなった人、身近な存在を失ってしまった人など、上原さんの本には困難に直面している人たちが数多く登場する。直接的な困難でなくとも、生活の周辺に孤独への恐怖が広がっていたり、明日の展望が開けないことの不安がにじんでいたりすることも多い。先に「新聞配達六十年」の国枝さんを引用したのは、まさに私の父が電器店を営んでおり、大型店の影響で売り上げが激減し、商店街にあった店舗を畳んで工事と修理のみの営業に切り替えた過去があったからだ。これらの背景には間違いなく新自由主義社会という巨大構造が関係している。うちのお父さんはこの先どうなるんだろう。そして同じく自営業者として生きる自分自身は？

新自由主義社会の影響力は絶大で、そこから逃れることは誰であっても難しい。それでもなお、上原さんの描く物語にはささやかながらも力強い希望が宿っていて、思わず感動する。それは根底に「自尊心が粉々になりそうなとき、人はどのようにして自分を支えるのだろうか?」という問いがあり、多様で切実な個人のあり方が丹念に描かれていくとともに、どんなものでも自分を支える力になり得るという肯定的なまなざしで貫かれているからだ。失恋したとき、友への嫉妬心に苛《さいな》まれたとき、通帳の残高がゼロになったとき、才能のなさを痛感したときなど、上原さんの本に支えられた瞬間は数え切れないほどある。読めば読むほどその凄みを思い知り、もはや「これなら俺にも書けるかも」なんて逆立ちしたって思えないけれど、自分もいつかこのような文章を書けるようになりたいという気持ちを胸に、これからもノンフィクション・コラムの数々を大切に読み続けていきたい。感動するとはそれ自体が生の実感であり、今日を生き抜く力になると思うのだ。

本作品は二〇一八年八月、幻冬舎より刊行された『こころ傷んでたえがたき日に』を改題、内容を一部変更し、加筆修正しました。

双葉文庫

う-19-02

ひそかに胸《むね》にやどる悔《く》いあり

2023年2月18日　第1刷発行

【著者】
上原隆《うえはらたかし》

【発行者】
箕浦克史
【発行所】
株式会社双葉社
〒162-8540 東京都新宿区東五軒町3番28号
［電話］03-5261-4818(営業部)　03-5261-4833(編集部)
www.futabasha.co.jp(双葉社の書籍・コミックが買えます)
【印刷所】
中央精版印刷株式会社
【製本所】
中央精版印刷株式会社

【フォーマット・デザイン】
日下潤一



ISBN978-4-575-71494-4 C0195
Printed in Japan

JASRAC 出2209856-201

双葉文庫　好評既刊

# 晴れた日にかなしみの一つ

上原隆

新婚の息子をひき逃げ事故で亡くした父親、希望退職を迫られた会社員が胸にしのばせるお守り、アルコール依存症の母親を許せなかった息子の後悔、夭折した部下の命日に元上司が送り続けるファクス……。〝普通の人々〟が心の中に持つ特別なドラマ。人は苦難に陥ったとき、何を心の杖として立ち上がるのか。暗闇に希望の灯りがともる瞬間を切り取った珠玉のノンフィクション・コラム。

双葉文庫　好評既刊

# NHK国際放送が選んだ日本の名作
# 1日10分のごほうび

赤川次郎　江國香織
角田光代　田丸雅智
中島京子　原田マハ
森浩美　吉本ばなな

NHK WORLD-JAPANのラジオ番組で、世界17言語に翻訳して朗読された小説のなかから、豪華作家陣の作品を収録。亡き妻のレシピ帳をもとに料理を始めた夫の胸に去来する想い。対照的な人生を過ごす女友達からの意外なプレゼント。ラジオ番組の最終日、ある人へ贈られたメッセージ……。電車の中、カフェタイム、ベッドの上で。小さな物語がもたらす、至福のときをあなたに。

双葉文庫　好評既刊

NHK国際放送が
選んだ日本の名作
1日10分のぜいたく

あさのあつこ
いしいしんじ
小川糸　小池真理子
沢木耕太郎　重松清
髙田郁　山内マリコ

通勤途中や家事の合間など、スキマ時間の読書で贅沢なひとときを。NHKWORLD-JAPANのラジオ番組で朗読された作品から選りすぐりの短編を収録したアンソロジー。夫が遺した老朽ペンションで垣間見た野生の命の躍動。震災で姿を変えた故郷、でも変わらない確かなこと。疲弊した孫に寄り添う祖父の寡黙な優しさ……。彩り豊かな8編。

双葉文庫　好評既刊

# NHK国際放送が選んだ日本の名作

朝井リョウ　石田衣良
小川洋子　角田光代
坂木司　重松清
東直子　宮下奈都

全世界で聴かれているNHK WORLD-JAPANのラジオ番組で、17の言語に翻訳して朗読された作品のなかから、人気作家8名の短編を収録。几帳面な上司の原点に触れた瞬間。独り暮らしする娘に母親が贈ったもの。夫を亡くした妻が綴る日記……。異国の人々が耳を傾けたショートストーリーの名品が、一冊の文庫になってあなたのもとへ——。